岛叙事

鲍十 ／ 著

南方出版传媒
花城出版社
中国·广州

图书在版编目（ＣＩＰ）数据

岛叙事 / 鲍十著. -- 广州 ：花城出版社，2019.7（2021.7重印）
ISBN 978-7-5360-8937-2

Ⅰ．①岛… Ⅱ．①鲍… Ⅲ．①中篇小说－中国－当代
Ⅳ．①I247.5

中国版本图书馆CIP数据核字(2019)第121729号

出 版 人：肖延兵
责任编辑：林　菁
技术编辑：凌春梅
封面设计：刘　凛
内文插图：王　巍

书　　名　岛叙事
　　　　　DAO XUSHI
出版发行　花城出版社
　　　　　（广州市环市东路水荫路11号）
经　　销　全国新华书店
印　　刷　北京一鑫印务有限责任公司
　　　　　（北京市顺义区北务镇政府西200米）
开　　本　880 毫米×1230 毫米　32 开
印　　张　5.75　1 插页
字　　数　105,000 字
版　　次　2019 年 7 月第 1 版　2021 年 7 月第 2 次印刷
定　　价　35.80 元

如发现印装质量问题，请直接与印刷厂联系调换。
购书热线：020 – 37604658　37602954
花城出版社网站：http://www.fcph.com.cn

目 录
CONTENTS

壹

海妮与云姑婆

1

乘海船出珠海市的九州港码头，向东南方向行驶三至四个小时，可到达一个海岛，人称荷叶岛。从远处看，此岛真的就似一张荷叶，漂浮在万顷波涛之中。仿佛还会随着波涛不停地颤动，波涛大时颤动便大，波涛小时颤动便小。天气晴和的时候，环绕在海岛四周的海水，便会轻柔地舔舐岛畔的沙滩。海浪不间断地涌上来又退下去，同时发出一种很清晰的响声：

"哗——嘘……"

"哗——嘘……"

涌上来的海水，会在瞬间变得洁白，若雪……

从珠海过来的海船上，多半是到这一带的岛群来观光旅游的游客，当然也会有附近各岛的居民，比如到珠海市去办事的公务人员，或者押解各类罪犯去珠海后返岛的警察，以及到海岛来兜揽生意的青年女子、贩卖时兴物品的商贩、寒暑假回乡探亲的男女大学生等，但总的说来，这些人还是少数。

凡是观光客，衣着打扮都有一点点怪异。青年男子一般都身穿一条及膝的大短裤或沙滩裤，脚上穿着"人字拖"，上身穿圆领的T恤或颜色花哨的小衫，颈上戴着金的、银的、石的、木的、骨的项链。女子多半穿着长长短短的裙子，长的拖及脚面，短的刚刚可以兜住屁股；光溜溜的手臂上，戴着玉的、檀香的、玛瑙的、琥珀的手串。很多人戴着帽子，有的是布帽子，有的是草帽子。有的帽子上，还绣着各种各样的图案，有的是一朵花儿，有的是一个小动物，有的是一只小甲虫。

有些人带着照相机，或挂在脖子上，或装在摄影包里，还有带着三脚架的。

离开码头的海船，向浩渺的深海驶去。海水震荡着。海面凹凸不平——以前曾见过"海面波平如镜"的说法，这个说法是错的，大海永远没有波平如镜的时候。

天海苍茫之中，一座一座海岛渐渐显现出来……

2

7月，海妮回了一次荷叶岛。

在这一带的岛群中，荷叶岛是个很小的岛，方圆不到2平方公里。

岛的北侧，有一座山，不甚高，山坡上长着杂草和矮树，偶有几株马尾松，常年葱绿着。很多年前，就有人修了一条小路，可直达山顶。险要的地方，建有护栏。沿小路爬到山顶，可见一个平台，亦不很大，几十平方米的样子吧。不知何时，还建了一个尖顶的亭子，内置光滑石凳。山的北侧是崖壁，直垂海面。南侧则是一片缓坡，有一道小小的山梁，宛若分水岭，把海岛分成了东、西两个部分。从面积上看，东部略大，约占全岛的五分之三；西部小些，约占全岛的五分之二。

借了这些年旅游开发的光儿，岛上早建了酒店。酒店周边，还应运而生了一些小饭店、烧烤店、海鲜店，店面都甚简陋，多是四根铁管撑着一块帆布，棚顶挂着一盏灯，外加几桌几凳。天一擦黑，便开始营业，一时嘈嘈杂杂，人声里伴有各种气味，直扑鼻孔。

以上设施，主要集中在岛的西半部分。

在岛的另一侧，也就是东侧，先前是一个渔村，名字就叫荷叶村。村子不很大。只有几十幢房屋，掩在山梁的拐角处。房子新旧不一：旧房都是平房；新房多是二三层的小楼房，外墙都贴着瓷片，窗框则刷了油漆，也有不锈钢或铝合金的，看起来更加洋气。无论旧房还是新房，窗户都比较小——想必是为了防风吧。

每幢房子都有一个小院落。院里放着些日常用具。偶有一两株花树，合欢树、木槿树、鸡蛋花树、紫薇树，或者软枝黄蝉、狗牙花树等，开着红的、白的、黄的、紫的花儿。开花儿的时候，非常好看。也有木瓜和黄皮，会应时结出果实。村子很整洁，村内有若干街巷，街道并不宽阔，路面铺着麻石板。村子依山而建，地势稍有一点儿倾斜，前低后高。村头有一个小广场。

村子以外，还有一些农田，种了些水稻、蔬菜和水果。

村内有一座祠堂，就在小广场的边上。

祠堂用一块块长条形的山石垒建而成，外墙显青灰色，墙缝长着杂草，潮湿的墙面生有大片大片的苔藓。无疑，这是村里最老旧的建筑了，处处都透露出岁月的沧桑。但因受到各种条件的限制，与内陆的多数祠堂相比，规模要小一些，没那么宽敞，举架也没有那么高。

祠堂正面，有一块长方形石板的门额，上面雕刻着五个大字：

南海雲公祠

并有一副门联，道是：

大难身不死

南海第一公

有考据说，此祠堂由云氏的后人于明代所建。

另有一则传言，不知确否。说：南宋末年，崖山海战，惨烈异常，有十余万宋军跟随小皇帝赵昺跳海而亡。据说这位云公便是当中一名年轻的兵士。但因他懂些水性，一时未死，却冻饿昏迷，被海浪冲向了岸边。渐渐苏醒之后，落荒而逃。后为躲避元军的追杀，辗转来到了荷叶岛，并寻低洼处，挖了一口井，自此在岛上安顿下来，打鱼为生，后讨妻生子，落地生根……

自那时起，有很长一个时期，荷叶岛上的居民，基本都是云姓。

3

时间过去了几百年，上千年。

谁也说不清楚是什么缘故，如今的荷叶村里，却没有了云姓的人家儿。眼下只有一位姓云的阿婆，大名叫作云英珠的，还住在这里。在村里，人人都叫她云姑婆，不单年轻人这样叫她，老年人也是这样叫的。

　　云姑婆八十多岁了，是一个身材瘦小的人，头发全白了，脸上布满了深深的皱纹以及一块一块的老人斑，背脊也稍有一点儿弯曲，然而身体却蛮好的，耳不聋，眼不花，走路的脚步也很轻便，出门的时候，经常戴着一顶宽檐草帽，脖颈上挂着一个小布袋，里面放着一部手机，身上的衣服总是干干净净的，一年中的多数时间，脚上都穿着一双塑料拖鞋，只在入冬以后，才会穿几天胶鞋。

　　云姑婆住在一幢二层的小楼房里，就在祠堂的边上。这还是儿女们出资，专门为父亲母亲修建的。时间并不很长，至多十几年吧，因此还不算旧。建这栋房子的时候，云姑婆的老伴儿还在世，可是没几年，老伴儿就去世了。老伴儿名叫梁玉昌，人称阿昌伯，晚年患上了遗忘症，正规的说法是"阿尔茨海默病"，糊里糊涂地度过了余生，在两年前的一次午睡之后，就再也没有醒过来。

　　另外，云姑婆还经营着一间小店铺，卖些游客们喜欢的海螺、贝壳、螺号、手镯手串等小工艺品，外加几样小食品，美味鱼片、牛肉干、腌制的橄榄等等，店名叫"海岛旅游纪念品商店"。店铺开在村口，相邻还有另外几家经营其他物品的小店，俨然形成了一个小小的商圈，不过生意都很清淡。

　　阿昌伯还在世的时候，小店铺就有了（想当初，老两

口曾经轮换着坐在柜台后面打盹儿）。可因为生意清淡，实在是没赚到几个钱。阿昌伯去世后，子女们便纷纷表示，店铺就不要再开了，也不是没钱用，何必那么辛苦，我们按月给你就是了！他们也确是经常给她钱的。但云姑婆似乎很固执，这间小店铺，至今还开着。

云姑婆和阿昌伯，总共生育了三子二女。但因早年岛上的医疗条件差，或者说根本没有什么"医疗"，其中有两个夭折了（最大的一个和第三个）。活下来的两子一女，如今都不住在岛上。

大儿子梁海宽，早年出去当兵，因在部队立过功，转业时被分配到广州一家工厂当工人，又跟一个女工友结了婚，就在那里安了家，现住在广州的荔湾区，自己也早就当了爷爷，再有一两年就要退休了，曾经一再说退休后要回到岛上来生活。

二儿子梁海平，因为觉得在岛上没什么前途，二十多岁的时候就离开海岛出去闯荡，后来认识了一个家住惠州的女子，两人结了婚，结婚后把家安在了惠州，生了一子一女，现在跟妻弟合伙儿开了一家海鲜店。

女儿梁海妮是走得最远的，她考上了上海的一所大学，还念了博士，后来跟一个上海男子谈恋爱，并且结了婚，毕业后就留在了上海，现在一所著名的大学做老师（已于去年评上了副教授）。

其实，这些年来，只在每年过年的时候，儿女们才会拖家带口，赶回岛上团聚几天，一般是从腊月二十九住到正月初七，有时也会住到正月十五。不过不一定全都回得来，说不定哪一个突然有了什么事，或者有了其他更重要的安排，就不回来了。

这倒不是子女们不孝顺。实际上，无论儿子媳妇、女儿女婿，都无数次跟云姑婆说，要她搬到他们那里去住，广州也行，惠州也行，上海也行，随她。只是她自己不同意，坚决不同意。

问她为什么，她就说，她担心在别的地方住不惯……

偶尔，她也会说："我要是走了，祠堂谁打理呢？总得有个人三天两天过去打扫一下，太久了没人管，恐怕会塌掉的……"

4

海妮在码头下了船，向荷叶村这边走。

码头在一个小小的海湾里，左右两端各有一道丈余宽的水泥坝，坝体上悬挂着一些废旧的汽车轮胎。

海妮轻装简行，只拉着一只行李箱。

因是中午，天气有点儿闷热，使岛上弥漫着一股潮润的气息。

海妮已过了四十岁，还显得很年轻。长年在室内工作的缘故吧，面皮白白净净的。虽然已生过了小孩子，身体似乎并没发生很大的变化。像云姑婆一样，身材也不是很高（不过还是要比云姑婆高一些）。

海妮朝荷叶村这边走，脚步很快。

海妮是在荷叶岛上长大的，对岛上的一切都很熟悉，对回家的路径就更熟悉。她走过了酒店的大门，又走过了山脚。一转过山脚，就瞥见了荷叶村。

海妮不由得加快了脚步。又走了几分钟，就看见了村口的那几家店铺。几家店铺中，最抢眼的是那家食杂店，因为屋顶高。不过，海妮首先看见的，还是她妈妈的那间"海岛旅游纪念品商店"。

海妮看见，几间店铺都敞开着门，包括妈妈的"海岛旅游纪念品商店"。

另外，在食杂店门口，海妮还看见了几个人。几个人都坐在随意摆放在那里的几张略显陈旧的竹椅或塑料椅上。几个人都是荷叶村的人，而且都是老年人。当然，海妮早就认识他们了。这会儿，大家都呆呆地坐着，有的垂着头，好像在打瞌睡；有的望着远处的海面，出着神儿。

几个人当中，只有一个中年女人，即食杂店的老板，海妮叫她红姐，也坐在一张竹椅上，在埋头摆弄手机。

海妮以为，云姑婆会在店铺里。

人们也看见了海妮。

红姐立刻站起来说："啊！海妮回来啦！姑婆……哦，你阿妈……刚刚还在这里呢……让我帮她看店，说要回家里煲汤……"

一个老人接着说："怪不得！这姑婆，几次三番的，来了又走，来了又走，原来是女儿要回来啊……"

海妮听了，心里轻轻一动，随即朝他们笑了笑，算是打了招呼，便向村里走去。

村里很安静，似有三五个游客（或者七八个），在街上逛荡，脖子上挂着照相机，偶尔举起来，对准某个地方，啪啪啪地拍几下。

海妮来到家门口，一进门，就看见云姑婆在一楼客厅的一只木椅上坐着，眼巴巴地望着院子，就像一只老猫。待海妮一跨进屋门，云姑婆立刻就从木椅上站了起来，动作也像一只猫，非常的麻利。

海妮马上丢下行李箱，迅速迎上去，一把搂住了云姑婆，并且就势把她抱了起来，抱离了地面，抱了一瞬，放下来说："阿妈，你有这么轻吗？好像都没有丫丫重哎……"

云姑婆说："我没有肉又没有血，就剩下一身骨头了，能不轻吗……"

云姑婆一边说话一边向厨房走去，说："我给你煲了汤……里头下了薏米、蜜枣、五指毛桃，还有两条排骨……

你等着，我去给你装一碗……"

一会儿，云姑婆端着汤碗回到客厅，碗里放着一只白
瓷勺。

云姑婆把汤碗放到客厅这边的餐桌上，对海妮说："来
喝吧……"

海妮走到餐桌旁边，在一把椅子上坐下来，说："你不喝？"

云姑婆说："你喝先……"

海妮舀了一勺汤，喝下去，咂咂嘴，朝云姑婆笑了
一下。

云姑婆也坐下了，就坐在海妮的对面，一面看着海妮喝
汤，一面说："你说你要上国外去留学，丫丫谁带呢？"

海妮说："她爸爸带她……"

云姑婆说："你放心？他一个大男人，带得了？"

海妮扑哧一笑说："他比我心还细呢，带得了……"

云姑婆停了一下说："那你要去多久呢？"

海妮说："三年……"

云姑婆说："三年？好久啊……不去不行吗？"

海妮说："这是学校安排的，不能不去……"

云姑婆不吭声了。停了一会儿，才说："这次你怎么不
带丫丫一块儿来？"

海妮说："她还没放假，来不了……"

云姑婆"哦"了一声。

海妮喝完了碗里的汤。

云姑婆见状说："再喝一碗吧。"

海妮点点头。云姑婆拿过汤碗，再次去了厨房，一会儿从厨房出来，对海妮说："那明天吧，我跟你去祠堂，拜拜你阿爸，拜拜你外公外婆，拜拜祖宗……"

海妮的声音突然轻下来，说了一声："嗯，好……"

云姑婆又说："下午，我们去各家走走，跟各家各户说说话……"

海妮说："好……"声音同样是轻的。

云姑婆接着说："现今村里已经没有多少人了，就剩下一些年岁大的，也没有几个了。年轻的多半都跑到岛外去了，去哪儿的都有，珠海了，深圳了，东莞了，广州了，还有去北京的……"

海妮说："我知道啊……可现在就是这样子，有啥办法呢？"

云姑婆说："这些天他们说，那边的酒店还想把我们村子买下来，把全岛都买下来，说要建一个更大的店，把整个荷叶岛都建成店，一个好大好大的店……"

云姑婆一边说，一边还伸出双臂，在空中比画了一个大大的圆圈。

海妮见状笑说："这么夸张啊……"

云姑婆似乎不高兴了，嗔怪道："你还笑！要是那样，这些乡亲就啥都没有了，祠堂也没有了……"

海妮想了一下说："这倒是个问题哦……不过，大家可以选择不卖呀！"

云姑婆说："说得轻巧哦！由得了你？"

海妮说："这事儿谁管啊？"

云姑婆说："说不上哪个管，反正是归上级管。他们说有个管委会。管委会跟村委说一声，不卖也得卖……人人都这么说。"

海妮说："卖了房子，让人住哪儿呢？总得有个存身的地方吧……"

云姑婆说："不知道……那年在岛西建宾馆，人都搬到了岛东……这次不知道还往哪儿搬……可没地方搬了……"

海妮没说话。她想起曾经在网络上看到的一些有关农村征地和卖地的消息，有的还起了冲突，有的还出了人命，里面涉及赔偿金啊、干部跟老板勾结啊、拆迁啊、重新安置啊等等事情，情况相当复杂。不过，她对这些事情不是很了解，偶尔碰到这方面的报道，就顺便浏览一下，并没仔细想过，也没放在心上。她工作太忙了，忙着教课，忙着搞研究，忙着照顾孩子，忙着一日三餐，最关键的是，她觉得这些事情跟自己没有什么关系。

一会儿，海妮说："这事要不要跟我大哥讲一下？"

云姑婆说："跟他讲有啥用？他没有权也没有势，只能让他着急上火。我们别说这件事了，吃午饭先。吃完饭再睡一阵，就去各家走走……"

5

不料，海妮下午突然病了，发起了高烧，面红耳赤，在床上躺着。也许是被太阳晒得久了，也许是路途上过于劳顿。其间，她曾经起来了一下，说是头晕得很，马上又躺了下去。

不过云姑婆倒没有怎么着急，一看海妮的症状，就知道是怎么回事了，很快兑了一盆温水，把毛巾沾湿，给海妮擦了擦脸，又取来一把梳子，帮海妮翻过身子，在她后背上刮了一气，刮得海妮直哎哟，还一边哼哼唧唧似的说："阿妈你轻点儿哎……你轻一点儿好不好嘛！"

云姑婆并不轻，也不停，一边轻轻地喘息着，说："还像小时候那么娇气啊……轻了就没有用了……又不是抓痒痒……"

直把海妮的后背刮得红一块又紫一块。

刮完后想了想，又取来一瓶藿香正气水，让海妮喝了说："你睡一下吧……就睡我跟你阿爸的床，不用上楼了……你睡醒了就没有事了……"

海妮看了云姑婆一眼，眼睛里的内容似很复杂，然后便翻过身去，片刻就睡着了。

这样，到各家走走的计划就落空了。

海妮睡着睡着，忽然做起了梦。时断时续，却连绵不绝。一边做梦一边不停地扭动身体，偶尔还说几句梦话，却听不清她说的是什么，仿佛在呢喃。

直到后来很久，海妮还记得她那天的梦。

她先是梦见了爸爸阿昌伯。但她开始并没有认出那是阿昌伯，她只看见一个男人在走路。那人背影特别高大，身穿一件没有衣领也没有衣袖的蓝色小褂，整个后脖颈都暴露在外面，后脖颈布满了皱褶，且被阳光晒得辣红。正是因为这件小褂，还有那红红的后脖颈，才使她认出了那是阿昌伯（海妮记得，小褂是妈妈亲手缝的，一到夏天，爸爸就会穿在身上，因他当年经常出海捕鱼，总是带着一股海腥味）。于是她当即叫喊起来："阿爸……阿爸，你去哪里？"可是阿昌伯并不理她，头都没有回一下，好像压根儿就没听见（在当年，阿昌伯清闲的时候也会在岛上走一走，而她这个小不点儿的女儿，特别喜欢跟着他，有时候会去沙滩，有时候，会去供销点。然而这一次，她不知道他要去哪里）。而在这当儿，阿昌伯已经越走越远了，远到马上就看不见了。这让她非常着急，也非常难过，于是她接着又喊，喊了好几声。喊着喊着她才意识到，爸爸已经死去了，不在这个世界上了。想到这一点，她立刻就哭了，在梦里就哭了……

......

　　一会儿她又梦见了云姑婆。感觉是在晚上。家里的灯都亮着，楼上楼下，一片通明。在梦里，云姑婆十分瘦弱。最初，云姑婆坐在客厅的木椅上，微眯着眼睛，好像在想心事，也似在打盹。接着，云姑婆激灵了一下，随后便站起来，蹒跚着朝楼上走去（楼上是大哥、二哥，还有她，每年春节回岛临时住宿的地方，每家一个房间）。随即，她见云姑婆打开了第一个房间的门，朝里面看了一会儿，把门关上了。紧接着，云姑婆又打开了第二个房间的门，又朝里面看了一会儿，又把门关上了。在打开第三个房间的门之后，云姑婆走了进去，并在床上坐下来，开始抽泣。她不知道她为什么哭。云姑婆哭了片刻，似乎想起了什么，马上就不哭了，迅速来到了楼下，径直走进了厨房，把案板、切菜刀、电饭煲、几只盛调料的小玻璃瓶，统统用抹布擦了一遍，动作十分的麻利。做完这些，她又重新回到了客厅，重新在木椅上坐下来。坐着坐着，突然就睁大了眼睛，同时还伸出双手，紧紧地按住胸口，然后便瘫倒下来，软软地瘫倒下来……在梦里，她最初还没明白这是怎么回事，不过她很快就明白了：她这是死了！阿妈死了！她感觉自己大叫了一声……

......

　　海妮一觉睡到了天黑，才醒过来。刚一睡醒，就隐隐约约地听见了妈妈的脚步声，心里暗暗地想，这是阿妈在准备晚饭吧？不由得长长地舒了一口气。不过她并没有马上起身，又在床上躺了一会儿，眼睛看着模模糊糊的天花板。直到这时，她仍然深陷在那些梦境里，感觉自己的心脏被紧紧地压迫着，无比的重。

6

这天傍晚，岛上突然下起了大雨，还伴有大风。后来风息了，雨却没有停，然而小了许多。

海岛的天气就是这样，风和雨都来得快。

雨点啪啦啪啦的，打在玻璃和窗台上。

因为下过了雨，气温也低了一些，但仍然感觉闷闷的，而且空气湿度很大，处处潮乎乎的。

这时候，海妮和云姑婆已吃过了晚饭。海妮还帮云姑婆收拾了碗筷。现在，母女俩坐在客厅的座椅上。

客厅里一共有三把刷成浅紫檀色的橡木椅，其中有一只长木椅，靠墙放着，两边各有一把单人的。另有一张茶几，放在长木椅的前面。单人椅中的一把，曾经是海妮的爸爸阿昌伯最常坐的地方。在海妮的印象中，在爸爸的晚年，他似乎一直就是坐在这里的，似乎他一起床，就坐在这里了。海妮记得，这几把橡木椅，还是大哥和二哥特意到珠海市的家具城买了运到岛上来的。

此刻，云姑婆就坐在爸爸以前常坐的位置上。

母女有一搭无一搭地说着话儿。

海妮只字未提她下午所做的那些梦，但是，她的整个情绪，似乎一直还在那些梦的氛围里，一时尚无法自拔。

在座椅和茶几对面的空地上，放着一个立式电风扇。电风扇轻盈地转动着，一左一右地摆着头。

一会儿，海妮说："要不要跟大哥说说，楼下也装个空调？风扇不顶事儿……"

云姑婆说："不用……你是在空调屋里住惯了……"

海妮说："我大哥和二哥，最近给你打过电话吗？"

云姑婆说："打了。你二哥还在电话里说，他小女今年考大学，也要往上海考，他让我跟你说，我说你自个儿说嘛……他跟你说了没？"

海妮说："他打电话说了……二嫂也跟我说了……可梁爽的分数上不了我们学校的线……我找我同学问了一下，报其他学校还可以。我跟同学打了招呼，本科就在他们学校读，以后考研再考我们学校吧，一样的……"

云姑婆说："要给钱吗？"

海妮说："不用……"

云姑婆说："你二哥也不容易，钱倒是赚了一些，可也够辛苦，以后又没有退休金，不像你和你大哥……这也怪他自个儿不争气，念书念成那个样子，机灵倒是够机灵，从小就想着要赚钱……还好他没让他的两个仔跟着他做生意……"

海妮没有马上说话，想着什么。也许想起了她下午做的梦。

一会儿海妮说："妈，你真不想到岛外去住些日子吗？哪怕一两个月？"

云姑婆想了想说："不想……"

海妮说："也不想到外面看一看？"

云姑婆说："看了能咋样？还不是回来过自个儿的日子……"

海妮说："那是你没有出去过，才这样想的……"

云姑婆说："我去过一趟珠海呢……"

海妮想起来了，说："哦，就是那次陪我阿爸到珠海去做检查吧？那次大哥也没有告诉我，过后才跟我说的……"

云姑婆说："你大哥和你二哥，那次都去了……就觉得你在不在都行的……想起那时候，你阿爸还认识人，从珠海回来没多久，就一天一天地不认识人了……到后来，连我都不认识了……"

听见这话，海妮心里立刻剧烈地痉挛了一下，很痛。

两个人一时都没说话。

许久，海妮说："唉……阿爸好可怜……"

一会儿，海妮问："妈，你真的从来没见过我的爷爷和奶奶吗？就是我阿爸的爸爸和妈妈……"

云姑婆徐徐说："我上哪儿见去？……我认识你阿爸的时候，他们就不在了，这是你阿爸亲口这样说的……"

海妮说："阿爸也没有带你回去他的老家？他家里肯定还有别的人吧？哥哥啊，弟弟啊，姐妹啊……"

云姑婆说："有是有的，你阿爸也说起过他们……可他哪敢回去呀……你都知道，你阿爸是改了名字的……他隐姓埋名这么多年，一回去不全都露馅儿了嘛……"

海妮说："我知道，阿爸后来的名字，还是我外公帮他改的……"

云姑婆说："幸亏他改了名字，你阿爸才没什么事，才保全了他自个儿，也保全了我们全家……那些年，风声好紧的……所以我都说，你外公好聪明，好有头脑的……"

海妮说："可惜我都没见过外公外婆的面……"

云姑婆说："你怎么能见着？你外公和外婆出事儿的时候，我和你阿爸刚成亲还没几天……"

海妮说："小时候我就听村里人说，我外公和外婆，他们是出海淹死的……说他们驾着一艘小舢板……出去了就没有回来……"

云姑婆说："是啊！那天吃早饭的时候，你外公对我还有你阿爸说，他要跟你外婆去一趟'下岛'，去看一个熟人……还说要在那里住些日子，不让我们去找他们……"

海妮说："那他们是出了意外吗？是不是遇上大风大雨了？"

云姑婆说："不是……那天没有风也没有雨，是个大晴天儿……"

海妮说："那是不是他们的舢板坏了？漏水了？还是……"

云姑婆说："好好的一只舢板，哪能说漏水就漏水？……这些年，我一直都没想明白这是怎么回事，我也不敢多想……"

海妮说："那是不是因为云方和云正……我那两个舅舅呢……外公和外婆当时太伤心了？"

云姑婆说："不知道，不知道，也许吧……"

停停，云姑婆摇摇头说："唉，这些陈芝麻烂谷子的事，不说了……"

……

7

第二天吃过早饭，云姑婆就带着海妮来到了祠堂。

雨在昨晚就停了。

此刻，祠堂里静悄悄的。

祠堂里面几乎没有其他什么东西，墙角放着一个扫把和一个带柄的塑料撮子，一只盛水的红色塑料桶，靠墙放着几张供人闲坐的长条木凳，因此显得很空旷。

小时候，这里曾经是海妮经常光顾的地方。那会儿，她会跟一些小朋友在这里玩游戏，过家家了、跳房子了、用手绢蒙住眼睛捉人了、挤在角落里讲各自的见闻和吓人的故事了、用贝壳摆图案了，稍大一点儿，还会躲在这里看连环画本，偶尔赶上下大雨，还会站在门口伸出小手接雨水……

在海妮的记忆里，那时候，她总觉得这里很阴森，感觉墙壁特别的高，让人心里发怵，还觉得每一个墙角旮旯儿都藏着死人的魂灵，甚至藏着海妖和鬼怪，它们时时瞪着眼睛，透过墙壁，悄悄地注视每一个进来的人，观察你的一举一动，而且随时准备伸出它们看不见的手，将你一把扯到墙缝儿里头去。

随着年龄的增长，一直长到七八岁，她的这种感觉才慢慢变淡，才不觉得那么害怕了，也不觉得墙壁那么高了，不过，她仍然很少一个人来，要跟其他小朋友一起来。

在祠堂的最深处，也就是最里面的墙边，放置着一张长方形的供桌。

供桌是黄花梨木的。海妮曾听大哥讲过，黄花梨是一种很好的木料，很名贵。不过海妮不懂得这些。

供桌很老旧了，然而非常干净，似乎一尘不染。

供桌上面，摆放着一个带底座的牌位，高约两尺，同样显得很旧了，从上至下，阴刻着一行共十二个字：

南海雲氏歷代祖考妣之神位

牌位与供桌一样，也是干干净净的。

海妮记得，在她小时候，这里是没有这个供桌的，也没有这个牌位。听妈妈说，供桌和牌位，曾经一度被爸爸妈妈搬到家里，藏了起来。为此，妈妈还费尽心思，让爸爸在从前的老屋里砌了一道密不透风的夹壁墙。

有一阵子，祠堂内外还用红色的油漆写了许多的标语口号。一直到了海妮记事的时候，那些标语口号还在那里。直到现在，祠堂里面的墙壁上，还残留着那些口号的痕迹。

有一度，人们还经常在这里念报纸、开会……

母女两个来到了供桌跟前。

两人谁也没有说话。

片刻，云姑婆弯下腰，从供桌下面拿起了一只陶瓷的香火炉，并在供桌上放好。又从随身带来的一个环保袋里取出三根用纸包着的香，再从衣服口袋里掏出一个打火机，将香点燃了，插在了香炉里。之后退后几步，在供桌前面跪下来。

海妮也跟着跪下了。

云姑婆双手合十，声音轻轻地说："云家的祖宗先人，阿爸阿妈，还有阿昌……英珠又来拜你们了。英珠还带来了小女海妮。英珠有事要求你们帮忙。我小女海妮，要到外国上学去，她要跨洋过海。英珠诚心诚意地求你们，求列祖列宗的在天之灵，保佑她平安！保佑她平安去，保佑她平安返！海妮她不姓云，但她是我生的，身上有我们云家的血脉。英珠给你们叩头了……"

说着俯下身去，重重地在青砖地上叩了三个头。

海妮静静地听着云姑婆的话，忽然十分感动，感觉心里热热的，又有一点儿酸楚，眼角顿时就湿了。看见云姑婆叩头，她也叩了三个头。

8

海妮在岛上住了五天，今天就要返回上海了。此行她要先乘船到珠海，再从那里搭乘高铁到广州。途经广州的时候，她还要去看望一下大哥，顺便交代一些事情。

返程的船将在午后一点钟起航。

早上一起来，海妮的内心就充满了一种特别的情绪，感觉心里沉甸甸的。自从当年离开海岛出去上学，每一次寒暑假，她都会有这种感受。成家之后每次回来过年，在将要离开的时候，她也会有这种感受。而这一次，这种感受就更加浓烈。

此后的三年，她将不能回到岛上来。

三年的时间，谁也不知道会发生什么事情。

看上去，云姑婆倒显得很平常，早上一起来，就忙这忙那的。一边忙，一边说一些临时想到的事情。

一忽儿，她说，妮子啊，别忘了把充电器装箱子里，还有你床头的书本……

一忽儿，又说，你晾在楼上的衣裳收了没？还有给丫丫的贝壳，有没放进箱子里？

一忽儿，又说，见到你大哥跟他说，下次回岛，让你大嫂一块儿过来……

一忽儿，又说，这次出了国，过年的时候就不能回来了吧？

一忽儿，又说，天这么热，等下经过红姐的店，记得拿一瓶矿泉水……

……

海妮偶尔答应她一声，头脑里，则不时地闪现以前的一些事情的片段，包括那时的具体情境，以及当时说了什么话，甚至说话的语调，心里立刻就会刺痛一下。有些事情，已经那么久远了，却仍然历历在目。那些事情，是多么难忘啊！而且，那会儿妈妈还是年轻的。如今，妈妈却是个老人了。仿佛在不经意间，妈妈就变得这么老了。一切的时光，都已变成了过去。这让她难以接受！

后来，云姑婆开始做午饭，海妮也过来帮忙。

云姑婆一边忙碌一边对海妮说："今天午饭要提早吃，不要误了船……"

海妮说："我早饭吃得太饱了，现在还没觉得饿，吃不吃都行的……"

云姑婆说："总得吃一点儿。肚子里面没东西，你会晕船的……"

母女俩吃了午饭，离开家来到了码头。

云姑婆跟海妮一同走进候船室，买了船票。

不久就开始检票了。在走出闸口的时候，海妮回头看了一眼云姑婆，见云姑婆站在闸口外，双手握着不锈钢的栅栏，眼睛睁得大大的，也在看她。

海妮向云姑婆挥了挥手，大声说："阿妈，你回家去吧——"

话一出口，眼泪也顿时迸了出来。

海妮不再回头，她走过跳板，走上了甲板，又走进了船舱，其间一直在流泪——她不知道：当她从国外回来，还能不能见到她的阿妈！

实际上，自从她回到岛上，这个想法就始终萦绕在她的心头，让她隐隐地心痛。

看见海妮上了船，云姑婆便离开候船室，来到了外面的防波堤，站在那儿，看着轮船退出了码头，之后又掉转船头，向远处驶去，变得越来越小，越来越小，最后完全看不见了，只剩下了海和天连在一块儿……

云姑婆又站了片刻，才离开防波堤，朝荷叶村的方向走去。

她走得很慢，大概有点儿累了。

走着走着，她来到了那家酒店的门前，发现那儿忽然聚了很多的人，大门口还铺上了红地毯，院子里还升起了两个带着飘带的大气球，还有人在呜呜哇哇地演奏乐器，还有人在唱歌，还有人在讲话。歌声、乐器声、讲话声都是通过音箱传出来的，感觉声音特别的响。

这样的情形以前也有过的，似乎在搞什么大型的活动。开头那阵子，荷叶村的村民们还常常跑过来看新奇，现在倒是很少来看了。

她停下来，默默地看了一会儿，然后继续向荷叶村那边走去……

酒店前史

1

荷叶岛上的酒店叫作"海上时光大酒店"。

酒店是一个庭院式的建筑群,呈中西合璧样式。

主建筑兼具哥特式和中国庙堂式的风格。最典型的标志是楼角上面有飞檐,门口还立有粗大的廊柱,朱红色的。大概考虑到了气象条件,主要是台风的因素吧,所有的建筑都不甚高,主楼只有六层。

主楼之外还有附楼。

附楼散布在主楼的周边,功能不一:有保龄球馆和桌球馆,有卡拉OK厅,有桑拿和洗浴中心,有游艺厅,有咖啡厅和酒吧,有礼堂,有"儿童天地",还有一间镭射电影院。

另有一些别墅式的客房，其内部设施奢华，各类器具、沙发桌椅、床上用品，皆为高档东西（房价当然也不便宜）。且每栋别墅都有一个好听的名称，诸如听风楼、怀远楼、日夕楼、观海楼等等。

所有的建筑，外墙一律呈土豪金色。

在楼房与楼房之间，有小径相连。小径两边，植有树木花草，广玉兰、三角梅、夹竹桃、勒杜鹃，以及一丛一丛的青竹。其中有些物种，是从陆地移植过来的。在某些拐角处，置有石桌石凳，供人坐憩。整个酒店区域，四季葱茏。

入夜，又是另一番景象了。

这时候，整个酒店都亮起了灯光。大堂一片通明。除此之外，还有各种射灯、景观灯、霓虹灯等等，在主楼、附楼、庭院，包括院内的树上，闪闪烁烁，明暗相生，色彩斑斓，彻夜不息。

光亮还倒映在海面上。

远看，一片璀璨。

一些游乐场所，此时则人声喧哗。有人在酒吧喝酒，有人在咖啡屋里喝咖啡，有人在玩各种球（保龄球、羽毛球、乒乓球、台球等）。

而在卡拉OK厅里，有人正在陶醉地歌唱着："不要再迷惘，不要再彷徨！我们的生活（啊）充满了阳光，越走（就）越亮堂……"歌声时高时低，忽高忽低，时而还会跑一下调，便十分的刺耳。

2

"海上时光大酒店"，是从一家小旅店发展起来的。

小旅店的创办者名叫张千，不到五十岁，是原来生产队的队长。

那时候，生产队刚刚解散没多久。

当年，荷叶岛只有一个生产队。岛上的居民，除了小孩子，都是生产队的队员。那会儿实行人民公社化，队员也叫社员。生产队还分为渔业组和农业组，渔业组的任务是出海捕鱼，由男社员组成。农业组则负责耕种岛上不多的田地，种些水稻、青菜和水果，主要由女社员组成。另外有些老弱病残的男社员，不适合出海了，也会分到农业组来。

生产队有个大院，院内有一排房子（包括仓库等等），是给社员们派活儿的地方，也是召集社员们开大会、读报纸的地方，同时也是生产队的干部们——队长和副队长，以及会计、出纳、记工员们，平时的办公场所。生产队的财产，那些渔具和农具，也都存放在里面。当然，社员自己的一些活动，红事白事，包括举办"革命化"婚礼，经队长批准后，也可以在这里搞——毕竟这里地方宽敞一些，做事方便。

生产队的大院就在如今"海上时光大酒店"主楼的位

置。队房子则是一幢红砖房，有十几个房间，有走廊，还有玻璃窗（窗框上刷着油漆），还有一间很大的会议室，另有一个大院落，很空阔，大概有上千平方米，平日放了些大小渔船。

生产队解散后，第一件事是处理队里的财产。

一些小物件，能分的就分了。那些大一点儿的物件，诸如渔船等，则采取自由组合的方式，几户共用一艘。岛上的土地，以及近岛的水面（水域），也按人口数量，分给了每家每户。这在当时有个说法，叫联产承包责任制。而一些不动产，主要就是队房子，便做了价，在内部出售。在这个过程中，自然会发生好多的故事，这里就不多说了。

生产队队长张千，无疑是个聪明人（不聪明他也当不上队长）。在当队长期间，又经常出去开会，是见过一些世面的，认识的人也比较多，又很会与人打交道，信息也比其他人灵通。所以，他早早就瞄上了队房子，打算建一个海产品加工厂，借地利之便，做些鱼干、鱼片、鱼丝之类，利用以前的人脉关系，到陆地上去销售，认为一定可以赚到钱。

为了拿到队房子，张千是颇费了一番心思的。因为还有其他几个人当时也参与了竞标，那么，他首先就要考虑，怎样才能打败其他竞争者，同时又不能使自己付出太高的成本，否则就不划算了。为此，他想了很多的办法，简直绞尽了脑汁。总的做法就是有软有硬，软硬兼施，该许诺则许诺，该吓唬则吓唬。另外，他这会儿虽然名义上不是队长了，但队长的余威还在。所以这样七弄八弄，最后还是顺利地达到了目的。这个过程，也是有很多故事的，也不多说了（那几个自恃有一点儿实力，当初参与竞标的人，都陆续退出了竞争）。

张千摇身一变，成了民营企业家。

说到搞旅店，则是后来的事了。

彼时，国内还没有兴起旅游的热潮，当时的交通也不甚方便，主要是还没有开通到岛上的航路，所以当时还很少有岛外的人到岛上来，不过偶尔也会零零散散地来几个人，在岛上转悠一番，再吃几餐海鲜大餐——据说都是租乘渔民的舢板过来的。

但是没过几年，这种情况就发生了变化。最关键的一点，是开通了直达岛上的航渡。最初是每隔半个月，会有一班渡海的客船直接来到岛上。过了一段时间，大概有半年左右吧，就变成了每个星期一班。

为此，还专门修建了客运码头和航运站。

客船都是机器船。每次靠岸前，都会拉响汽笛。

航渡一通，来岛的客人就多起来了。

这时，刚好国内渐渐兴起了旅游的新风气。一个明显的标志，是各地陆续成立了一些旅行社，还有大大小小的旅游公司，同时也有了"导游"这个行业和这个称谓，有了旅游大巴和各式各样的小旗子。这在从前都是没有的。

这些客人中，自然有一些是来海岛旅游的。而一旦来了人，就要住，就要吃。而且，偶尔有一次，来的人会很多，可能十几个，有时候二三十个。但因当时岛上尚无旅店，凡来者，便只好临时到居民家里去借宿——所以一度，岛上还出现了一些家庭旅店，且生意相当好。

张千看到了这个情况，也看到了其中蕴藏的商机，思谋了几天，果断地停掉了海产品加工厂，又请来一个装修队，把原来的厂房装修改造了一番，搞成了一个旅店，并灵光一闪，给旅店取了个名字，叫作"海岛宾馆"（自我感觉既大气又时兴）。并且开了一个餐厅，专做各式海鲜。

为招徕顾客，他还别出心裁，在旅店的房顶固定了一个铁架子，上面焊了几个闪闪发光的铜字，便是"海岛宾馆"那几个字。

不过，因为急于开业，时间紧张，旅店的设施还是简陋了点儿。可张千不管那一套，他对手下人说，过得去就行了，他们又不是来这里过日子的，我可不想耽误那么多工夫，耽误工夫就是耽误钱呢！

海岛宾馆开业了。有好事者记下了那个日子。那一天，恰是公元19××年6月6日，芒种日。

3

旅店开业以后，生意越来越好。

这里有一个因素，就是航渡的班次又增加了，已经由原来的每个星期一班，增加至每个星期三班。

航渡的增加，会带来更多的客人。

而所有的客人，都会选择住进张千的旅店。

这也就意味着，每来一位客人，都会给张千送来一笔钱。

一晃，几年的时光就过去了。

旅店开业后的第五年，盛夏的一天，游客中来了一个名叫许万的人。这许万四十多岁，面皮白皙，穿着随意，戴着一副太阳镜，脖颈上挂着一个照相机，也像许多游客一样，拉着一个不大的行李箱，混在诸多游客当中，一点儿也不惹人注意。下了船，先在张千的旅店登记了房间，然后就跟其他游客一道，在岛上四处转悠，岛东岛西，山上山下，包括海边的沙滩，通通逛了个遍。逛的同时，拍了许多的照片。

到了这天晚上，许万便来到了当时还很简陋的住宿登记处，对前台的一个女服务员说："我想见一下你们老板……"

服务员似有一点警惕，说："你有事吗？是不是想换房间？这里的条件就是这样的，大家都是这样住的……"

许万说："哦，不是房间的事，是其他事，挺重要的。

你能不能跟你们老板说一下，就说有人想跟他谈一点事情……我会在房间等他……"随即拿出一张名片，递给服务员。

服务员匆匆看了下名片说："好的，我跟他说……不过见不见你我可不确定哦……"

直到晚上十点多钟，张千才敲开了许万的房间门。他不是一个人来的，身后还跟着那个前台的服务员。

之前，张千已喝了几杯酒，脸色红扑扑的。

如今的张千，已不是从前的张千，他现在经常会喝几杯酒，偶尔还打打牌。喝酒基本上是每日一饮，一般是在晚餐的时候（中午偶尔也喝）。跟张千喝酒打牌的人，有一些是荷叶村的乡亲，也就是原来生产队的社员，跟他关系比较好的人；有他现在的员工（员工当中，有些是从外面招聘来的）；有从外面来的熟人，包括从邻近的岛上过来的，也有从陆地来的。这些人，有的是在他当队长的时候就认识的，可能还曾经一起参加过干部会，也有最近几年认识的，等等吧。

张千喝酒，他家里人一直反对。老婆、女儿和女婿（他有两个女儿），都反反复复地对他说，喝酒对身体不好，对心脑血管更不好。可他坚决不听，甚至还会急眼，动不动就怒冲冲地说："我的事不要你们管！我辛辛苦苦地赚钱，让你们过上了好生活！我喝点儿酒算什么？什么对身体不好？瞎扯！"如此反反复复，家里人只好不再管他，也知道管不了。

说起来，包括张千的家里人，甚至整个荷叶村的人，现在都发现了张千的变化。他似乎比当年当队长的时候还要神气一些。就像他自己说的："现在我有钱了。这钱我想怎么用就怎么用，想给谁就给谁，我不用跟任何人研究，也不要任何人批准……"

此刻，张千站在许万房间的门口，穿着一条休闲大短裤，脚踩一双拖鞋，带着一嘴的酒气，对许万说："是你找我？"

许万说："您是张总吧？请进请进！"

张千并没马上进来，说："找我什么事？"

许万说："也没什么具体的事，想跟您聊聊天。"

张千说："我们以前不认识吧？"

许万说："哦，不认识。我这是第一次来到荷叶岛，住进宾馆之后才知道了您。我叫许万。张总看到我的名片了吧？"

张千愣了一下，回头看看年轻的服务员。

服务员说："你放进口袋里了……"

张千"哦"了一声，从短裤口袋里掏出了那张他此前顺手放进去的许万的名片，快速看了一遍说："原来是许总……不好意思啊，刚才我没看仔细……"

许万说："没关系没关系……"

张千被许万让进了房间。两人互谦了一下，才分别在茶几两边的木椅上坐下（因无沙发）。

张千还有些许的尴尬，说："许总的公司是在珠海吗？"

许万说："是啊，在金湾区……"

43

张千现在知道了，许万是一家开发公司的总经理，公司的地址在珠海，刚才看名片时，他主要看的就是这个。

两人又说了几句闲话。随即，谈话便进入正题，开始谈论有关"海岛宾馆"的事情。主要是许万，询问了"宾馆"的一些情况，包括何时开业的、产权属于谁、土地使用权怎样规定、有无使用年限、用电问题是如何解决的、员工的来源和成分、有无上级主管部门、如何管理诸如此类。有些情况，张千做了回答。有些情况，他也不甚了了。

张千感觉到，许万是这方面的里手。

接着，许万向张千提出来，他想投资入股他的"宾馆"，并对"宾馆"进行升级、扩建。

张千愣了一下，没有马上答应他，说要跟家里人商量一下再定。

谈话结束后，张千还提出要请许万喝几杯酒，却被许万拒绝了。第二天，许万离开了荷叶岛。

那之后，许万又来过荷叶岛若干次，且是带了若干手下一起来的，就住在"海岛宾馆"里。张千也被邀请去了几次珠海，参观了许万的公司。双方来来往往，陆续就一些问题达成了协议。诸如双方的出资方式和比例、如何分账，以及未来"宾馆"的管理模式和架构，包括职务和岗位的设置，等等。

又做出了详细的企划方案，厚厚的几大本。

最后，双方一致同意，要将宾馆更名为"海岛大酒店"，由许万担任总经理，张千担任副总经理。

4

协议达成后，第一件事是拆迁。

按照规划，建设新宾馆，须扩大土地使用面积，这就要把住在原来宾馆附近，也就是原来队房子附近的一些房屋拆除，把居民迁走。这次拆迁，大概要涉及十几户人家。

这是发生在荷叶岛历史上的首次成规模拆迁。

拆迁的方式，主要是赎买。具体的做法，是由购买方根据相应情况，综合各种因素，对拟购买区域的房屋进行估价和定价（并报相关机构批准），经与卖出方协商，最后购得对方的房屋产权以及土地使用权。

为使拆迁按时完成，他们还专门成立了一个拆迁办公室，设主任一名，副主任二名（张千的大女婿是副主任之一），另有工作人员若干，都是一些身强力壮的青年人。

并且委派了一位副总经理，也就是张千，来分管拆迁之事。

一次开会时，许万说，拆迁是一件大事情，马虎不得的。如果拆迁不成，其他的一切就都是泡影了……

应该说，这次拆迁，整体上还是顺利的。多数居民都接受了酒店开出的条件。他们，有的是碍于张千的情面，有的因为家里困难急需用钱，有的因为房屋本来就老旧了，有的因为人单力孤，有的觉得无所谓……总之，原因五花八门。

那些同意拆迁的人家，有的去了岛东，也就是荷叶村一带，用刚刚得到的拆迁费建了新屋；有的干脆迁出了荷叶岛；有的甚至迁到了陆地上——珠海了，中山了，惠州了，东莞了，投亲靠友去了。

不过，其间也发生了一些波折。

有几家是最近几年才建成新房的，不舍得迁；有的是嫌拆迁费太少了，不愿意迁；还有的声称自己祖祖辈辈住在这里，故土难离，压根儿就不想迁。

面对这种情况，他们想了一些针对性的办法，也分别采取了一些具体的措施。

比方，对一些态度不是特别坚决的，他们采取了上门拜访的做法，一般选在吃过晚饭之后，由拆迁办主任带队，张千的女婿陪同，带领几个手下，还要带一些小礼品——水果了，糖块了，糕点了，到对方的家里去喝茶，一边好言好语地聊天，天南地北，东拉西扯，一聊聊到半夜，基本保持隔天一去的节奏。有时候，对方明显地不高兴或不耐烦了，他们也不在意，该说说，该笑笑。有时候，对方假装家里没人不给开门，他们就不停地敲，不停地敲，直到敲开为止……

这样聊来聊去的，果然有了效果，有的便渐渐地松了口。有人后来说："唉，算了算了。大家乡里乡亲的，又不好翻脸。好歹他们还给了钱，又不是白要你的，也不算太吃亏。不然，这样的日子也不好过……"

其中有两家，是态度比较坚决的。

两家的房子都是近年新建的，花了很多钱，也花了很多心思，觉得我费心费力建了这样一个房子，你说拆就拆了，满心舍不得，也觉得吃了大亏。

对这两家，他们便采取了另外的办法。最初是两家的窗户，发生了几次被扔石块的事情。而且都是深夜时分，家里人正在睡觉，突然"哗啦"一声，窗玻璃就被砸碎了（等换上了新玻璃，再扔）；接着，又开始出现经常性停电的情况，有时候，一家人正在客厅里看电视，屏幕一下子就黑了，出去一查看，原来是电线被剪断了（等接上了，再剪）……

两家人的生活，自此再没安生过，每天都心惊胆战的，睡觉都要睁着眼睛。

为此，两家人都快要气疯了，又非常的窝火。明明知道是谁干的，却抓不到把柄，而且自始至终，连对方的人影儿都没看到。在被逼无奈的情况下，还去找过上级部门，甚至报了警，可都不管用，因为找不到确凿的证据。

这样折腾了几个月，最后他们只好也同意拆迁了。

只是，经过协商，增加了一些补偿款。

不过，要说最费周折的，还是一个名叫林阿根的人。在所有人都同意拆迁后，只有他还不肯迁（砸玻璃、剪电线，都不起作用）。

林阿根六十多岁，无儿无女，和老伴儿一起生活。那个声称自己"祖祖辈辈住在这里，故土难离"的，就是他。

听人说，他早已经备好了一桶汽油，声称：如果谁敢动他的房子，他就把自己和老伴一块儿烧死。"我不烧别人，烧我自个儿，这不算犯法吧？等到出了人命，我看他们怎么办？"他这么说。

林阿根和老伴，每天守在家里，片刻不离，有什么重要的事情必须去办，也一定留下一个人，在家守着。

熟悉林阿根的人，都知道他性格极其倔强，凡是他认准的事情，九头牛也拉不回来。

对他，他们想出了一个新办法。

林阿根老两口一直都有一个嗜好：喜爱看戏，尤其爱看传统的大戏。据传，早年间，在他们年轻的时候，就曾经几次跨海跑去老远的广州，专门去看粤剧团的大戏。这件事人人皆知，且一度传为笑谈。

此间恰逢重阳节。

还在节日之前好几天呢，他们就在全岛各处张贴和派发了好多宣传单和海报，说要搞一场"欢庆重阳节——免费睇大戏"的露天演出活动，还说是专门从广州请来的班底，里面有好些个粤剧名角，宣传单上印着这些演员的姓名还有彩色的照片（包括节目表），果然是有名角的。

还搭建了一个临时的戏棚。

演出是在重阳节的晚上。岛上的人几乎全来了。林阿根和他老伴也来了。

据林阿根后来说，他们开始是不想来的，担心人不在家会发生什么事，可心里总是痒痒的，难受得很，最终将心一横，还是来了。

来之前，仔细地锁好了房门和院门。还检查了窗户的插销是不是插好了。

演出结束了。

林阿根今晚心情格外的好，就像刚刚喝过了二两老酒。回家的路上，不住嘴地跟老伴儿说着话。说："名角就是名角啊！你看那唱段，有腔又有调，一般人肯定唱不来的。还有那水袖，你看那摆的，简直摆出花来了。过瘾啊！过瘾啊……"

说着，还模仿着刚刚演过的《柳毅传书》的唱腔，哼唱了几句："知你爱我心坚，不怕言明一片……"

不久来到了家门口。

才发现原来的房子已经没有了，围墙也没有了，院子里的几株花树也没有了。

什么都没有了。

眼前只有一片瓦砾。

在原来院子的一个角落里，堆放着一些家具、床被、衣物、锅碗……

林阿根呆呆地站在原来的院门口，愣怔了片刻，大约有几秒钟吧，接着大喊一声："啊！我的屋呢——"

喊声无比的凄厉、高亢，划破了夜空，激起了海水的欢腾。

喊毕，一头栽倒在地上，晕厥过去。

待苏醒过来，马上匍匐在地上，双手拍打着地面，哭喊起来："我的屋没有啦——是让台风刮走了吗——以后我们住哪里呀——这可是我爷爷、我太爷爷住过的祖屋啊——我要出海告他们的状——"

恰在这时，从暗处过来了几个人（其中有一个是张千的女婿），把林阿根抬起来，连同他的老伴儿，一同放进一辆面包车，拉到了尚未拆除的张千原来的宾馆，暂时安顿下来。

林阿根后来得知，就在大家看戏的时候，轰轰隆隆地来了几辆推土机，还有几台大型的钩机，不消个把小时，就把他家的房子和围墙，稀里哗啦地推倒了。

顺便说一句：在拆房之前，有几个人进了屋，把一些东西搬了出来——这，还算他们有一点点良心吧。

后边的事情就不说了。似乎也增加了一些补偿款。

5

拆迁的问题解决后，即开始建设。

新酒店所用的建筑材料，钢筋水泥，一砖一瓦，均从陆地海运而来（成本一定很高吧）。

历时一年多，"海岛大酒店"终于建成营业了。

当天，还举行了盛大的开业典礼。

仍有好事者记下了那个日子。那一天，是公元××××年3月20日，春分日。

新酒店的面貌，发生了翻天覆地的变化。原来的宾馆与此完全不可同日而语。主要一点，是变得高端了，也气派了，也光鲜了，也现代了。

新酒店的规模，也比之前扩大了许多，新建了主楼，又增建了几幢副楼。建筑面积几乎翻了一番。还开辟了庭院，并做了美化。酒店的设施，床、照明灯、盥洗台、洗浴设施，甚至马桶，使用的全部是当时最新的产品。

酒店的员工，也大部分换了新人，都是俊男靓女，并统一着装。尤其前台的几个女服务员，还是他们打出广告，从陆地上招聘过来的，个个俊俏标致，薪酬也高一点儿。据说，许万和张千，为此还发生过争执，因为张千不赞成许万的这个做法。

新酒店运营后，也发生了几件其他的事。其中重要的一件，是两年后的某一天，副总经理张千，在一次饮酒之后，猝死在了自家的卧房里。死后面色黑紫，嘴角有血丝。

对张千的死，曾经有过一些说法。一说是他饮酒过量，诱发了心脏病，突然死亡；一说是他近来心情不好，导致精神不支，服毒自杀了；当然也有一种说法，便是猜测有人谋害了他，在酒里投了毒。投毒者或许是他老婆（传说张千在珠海养了一个年轻的女人，老婆可能吃醋），或许是许万，因为意见不合，或想排除异己，搞死了他。

但以上种种说法，都未得到证实。最后经过警方的调查，排除了他杀。

值得一提的是，张千死后，许万给他开了一个追悼会。追悼会相当隆重，酒店的全体员工都参加了，还特邀了张千的一些亲友及当地的部分干部群众。

许万还亲自致了悼词。悼词回顾张千的生平，特别强调了他"民营企业家"这一身份，同时回顾了两人之间的合作与交往，以及这期间所产生的浓厚的友情。在致悼词的整个过程中，许万声情并茂，也曾数度哽咽。在场者无不动容……

6

又两年。

酒店又发生了一个变故。

变故的原因，是因为经营不善，酒店出现了连年的亏损。

接着出现了一个人称老况的人，收购了酒店。

关于老况，人们所知不多。其中比较确切的，是知道他乃房地产业界的大佬，实力雄厚，许多地方都有他的楼盘。另外就是他朋友很多，似乎社会各界、各个阶层、各行各业、官员百姓，都有他的朋友，有一些，还是响当当的"硬通货"，因此要得开。

老况五十多岁了，本名叫况金海，大家都叫他老况。身材不甚高，宽脸，微胖，粗眉毛，常年剃平头，感觉很粗犷，却又经常乐呵呵的，咧着嘴角，很有亲和力。

据说，老况接手"海岛大酒店"，主要是因为晏宁宁。

晏宁宁是个女子，不到三十岁（人们后来得知，她当年只有二十七岁），长得很漂亮，大眼睛，高鼻梁，脸色白白净净，身材高挑。

听人讲，晏宁宁出身寒微，老家在粤东某县的一个小村子，但她天资聪颖，考上了广州一所很有名气的大学，大学期间写过诗歌，曾经发表过几首情诗，毕业后又短暂做过销售代表以及广告公司的文案，在一个偶然的机会结识了老况，加入了老况的公司，并且做了他的干女儿。

相传，晏宁宁有一次与几个朋友到荷叶岛游玩，一下子喜欢上了这个地方，回去便跟老况商量，问他可不可以来岛上投资。当初老况没有理会。后来老况也到岛上来了一次，始动了心。后又带了手下一些人过来考察过一次，大家都说有前景，值得搞。

老况终于呵呵一乐说："值得搞？那就搞！"

随即便派人与许万接触，接触了几次，很顺利地就把酒店全盘买了下来。

老况接手了酒店之后，换了全套的人马，组成了新的管理机构，自己做了董事长，晏宁宁做了总经理。并且按照晏宁宁的想法，给酒店重新起了一个名字，一个感觉很有诗意的名字，亦即"海上时光大酒店"。酒店的日常事务、一应事情，均由晏宁宁打理，老况会不定期地到岛上来一下，在这里住个一夜两夜……

到去年，晏宁宁又提出了一个新计划，称作"全岛开发计划"，或者叫"全岛覆盖计划"。一俟老况同意，计划就将实施。

计划的详情，稍后再说。

叁

云家的往事

1

云姑婆回到荷叶村，径直来到她的"海岛旅游纪念品商店"，先朝红姐那边看了下，点点头，算是打了招呼，即走进自家店里，在柜台后面坐下来。

红姐很快跟过来说："姑婆，刚有两个买你东西的，一个买了一只海螺，一个买了一串贝壳，钱我放在你抽屉里了，你看下啊……就按你的价格卖的……不过我给他们减了五毛钱……"

云姑婆抬眼看了看红姐，却没有说话。

红姐说："看姑婆无精打采的，是不是女儿走了，心绪很乱？"

云姑婆说："海妮说她要去外国留学……一去就是三年，都不知道我还能不能活到她回来……"

红姐说："姑婆不要这样讲哦……姑婆身体这样好，再活上十年八年也没问题的。"

云姑婆叹了一口气说："那样就好喽……"

红姐说："海妮这么有出息，真是叫人羡慕……我要跟我女儿讲一讲……"

停了一会儿，红姐又说："他们说，要不了多久，荷叶村这边也要拆迁了。到那时候，不知道我们要到哪里去住……"

云姑婆说："你不知，我更不知……"

红姐说："前几天我看见阿根伯老两口儿了，我给了他们两瓶水，也没收他们的钱。阿根伯说，他们又去珠海告状了……都告了这么多年了，还不死心，你说他有多倔吧……人家连'法人'都换过了，谁还管你这个事儿啊……"

云姑婆说："这几年可把他折腾得不轻……"

红姐说："不过你不怕啊，到时候去广州跟儿子住，要不就去惠州老二家……反正你不用担心的……"

云姑婆说："我哪儿都不想去。我要是想去，早就去了……"

红姐说："我知道你的心思……不论住哪里都不如住在自个儿家里好，想咋样儿就咋样儿。住在别人家，总免不了要看别人的脸色。自个儿的儿子还好说，还有媳妇呢。三天两天的没关系，日子长了就难讲了……所以村里人都说姑婆不一般，骨气硬……"

云姑婆没说话。

本来，她是想跟红姐解释一下的，告诉她，自己并不是这样想的。告诉她，儿子和媳妇其实都很孝顺，自己并不为那些担心……可想了想，却什么都没说。

整个下午，云姑婆一直都在柜台的后面坐着，偶尔有顾客过来，就起身招呼一下。等到过了五点钟，觉得不会再有人来了，便关了门面，又顺便去市场买了一点青菜，回到了家。

进门的瞬间，云姑婆心里蓦然刺痛了一下。

她忽然感觉，家里空落落的。

感觉自己的心里，也是空落落的。

云姑婆没有像往常一样，一到家就马上动手做晚饭，而是走到了木椅跟前，在自己常坐的地方坐下来，头脑里不断地回想着海妮在家时的情景，仿佛海妮这会儿还在家里似的……

坐下没多久，挂在云姑婆脖颈上的手机就突然响起来。

云姑婆吓了一跳，手忙脚乱地打开了放手机的布套，取出了手机，按下接听键，贴到耳朵边上，马上就听到了海妮的声音。

海妮说："妈,我在我大哥家呢……刚到没多久……现正要吃晚饭……妈你等一下,大哥要跟你说……"

没等云姑婆说话,她大儿子梁海宽的声音就传过来。

梁海宽的嗓音似有点儿沙哑,说:"阿妈……我刚刚下了班,还没跟海妮说上话呢……她今天不走,晚上就住在家里……你放心吧!阿妈……你身体还好吧?我下月抽时间回一次岛……"

云姑婆一下子就听出来,说:"你喉咙怎么哑哑的,是不是生病了?"

梁海宽说:"这两天有点儿上火,没事的,快好了……"

云姑婆说:"那赶紧去买一瓶凉茶,天气好热的……你工作忙,回不回来都行……我很好的,什么事都没有……"

梁海宽说:"我争取回……妈你等等,喜芳也要跟你讲几句……"

喜芳是云姑婆的儿媳。

接着,云姑婆就跟喜芳说了几句话。然后,又跟孙子梁飞说了几句话。又跟孙子的媳妇说了几句话……

跟所有的人都说完了,云姑婆收好了手机。

一口气说了这么多的话,云姑婆感觉有点儿累。不过,她原来的情绪也被冲淡了许多。但是仍然感觉心里空空的,不舒坦。

接过电话后，云姑婆才去做了晚饭。

但因为并不觉得饿，简单吃了几口，就放下了碗筷。

吃完饭，她又重新坐到了木椅上。

坐着坐着，竟然打起了盹儿……

2

公元1932年，农历八月初八日，云姑婆出生于荷叶岛。

相传那一年，海里的鱼突然变得非常少。就连最好的鱼把式，出海几天都打不到几条鱼，偶尔打上来几条，也都个头儿极小，似乎尽是一些鱼伢子。谁也说不清楚，那些聪明的大鱼，都躲藏到哪里去了。

而在此前，岛上有限的田地，也因为连续一个多月不曾下雨，同时又被火热的太阳长时间地炙烤，稻谷青菜，也俱皆枯死了。甚至山上的杂树荒草，也被烤得几近干枯。据说，就连一些栖息在树上的毛毛虫，也都被烤得奄奄一息，有气无力，有的直接就从树枝上掉落下来，噼里啪啦，宛若雨点。

这样，岛上居民便出现了断粮的情况。面对这种情况，岛上几户相对殷实的人家儿，包括云姑婆的阿爸云莲生在内，急忙打开粮囤，救济乡邻。存粮放尽后，又动用自家积蓄，驾船越海，到沿海的陆地购买新粮……如此，才使大家渡过了难关，且无一人因饥致死。

说起那一年，人们不免称奇，也觉得不解。不解之处在于，在这样一个雨水丰沛之境，何以干旱至此？

就在这时候，云姑婆出生了。

父母给她取了个名字，叫云英珠。

云姑婆出生后，据说就在第二天，便下了一场细雨，俗称毛毛雨。细雨飘飘，滋润了土地，也滋润了人心。之后不久，鱼儿们也忽然现身了，出海的渔民，每每可以满舱而归。

云姑婆的阿爸云莲生，当年不到四十岁，在云姑婆之前，已经有了两个儿子，一个叫云方（当年七岁），一个叫云正（当年四岁）。

云莲生中等身材，相貌端正，眉毛很重。早年被他父亲送到岛外读过私塾，身上兼有书生的儒雅和渔民的顽强。当年读书时便非常聪慧，也颇受先生的喜爱，因此曾经有过留在外面的念头，但他父亲不允，坚持要他回到岛上守护家业（他是父母的独子）。他虽一百个不愿，却知父命难违。回岛后，父母又帮他娶了妻子。父亲过世后，他便支撑起祖上留传下来的这一份家业。

在当时的荷叶岛，云家尚属殷实之家。有自己的宅院（原址就在祠堂的边上，几十年前就已拆掉了），有部分田产，有渔船，有十数名雇工。云莲生接管家业后，又利用自己与陆地上的关系，在岛上开了一家商行，经营一些岛上居

民常用的物品，各类渔具、柴米油盐、灯油火蜡、针头线脑、衣裳鞋帽等等。定期驾船到陆地的商行上货，再卖与岛上渔民。因为物品相对齐全，有时候，甚至其他岛上的人，也会摇着舢板，到他的商行来买东西。

在云姑婆的印象中，阿爸一直是一个亲切随和的人，常常笑呵呵的，偶尔还会跟三兄妹玩耍一会儿，给他们讲一讲见闻，讲一讲家族的往事和传说。若来了兴致，还会给他们唱一唱渔歌或小曲儿。

记得其中一首，这样唱道：

> 月光光，照地塘。
> 年卅晚，摘槟榔。
> 槟榔香，嫁二娘。
> 二娘头发未曾长……

稍长之后，云姑婆发现，阿爸其实是一个很严肃的人，凡事有自己的主张，为人也很本分，特别讲信义，乡亲们遇到什么事，经常会来找他想办法、出主意，他也能帮忙就帮忙，所以感觉他很受大家的尊重。她也曾经亲眼见证了阿爸每天忙忙碌碌的样子，要么在商行，要么在家里，兢兢业业地做他的事情，很少有清闲的时候。忙碌了一天之后，晚上还会就着蜡烛读一会儿书。

在云姑婆的记忆里，每天吃晚饭，是他们家一天当中最为安详也最为美好的时光。每当这时，全家人围坐在桌前，一边吃着阿妈做的饭菜，一边有一搭无一搭地说些闲话。有时候，阿爸和阿妈，也会轻声细语地商量一些家里的事情，做出一些决定。当然，基本都是阿爸在说，阿妈在听，听着，偶尔点一下头……

云姑婆的阿妈姓程。原本也有名字，叫程彩云。可是云姑婆和她的哥哥们，似乎都忽略了这个名字，可能连她姓程这一点都给忽略了。他们只知道她是阿妈，平日只喊她阿妈。

阿妈是从陆地嫁到荷叶岛来的。阿妈的娘家，住在石岐的乡下。石岐即现在的中山市。家中有田产。云姑婆的外祖父读过书，且与云姑婆的祖父有交往。就是因为外祖父赏识云家的家风，才把女儿嫁过来的。

阿妈跟阿爸一样勤劳。她跟阿爸一起，操持着这个家。阿妈与阿爸不同的是，对他们三兄妹更加严厉，给他们定了许多规矩，不许这个，不许那个。有时候，还会惩罚他们。特别是两个哥哥，因为太顽皮，没少挨阿妈的打。

就连云姑婆，也被阿妈打过的。记得在她四岁那年，有一天，她闲来无事，在家里乱翻东西，从柜子里翻出了一柄短剑——已经生了锈，大概是家里某个先祖留下来的物品吧——拿在手里乱挥乱舞，一不小心，打烂了一只阿妈出嫁时带来的青瓷胆瓶。阿妈不由得发怒了，狠狠地打了她。

阿妈边打边说："你还敢不敢了？"

云姑婆哭着说："不敢了……我不敢了……"

现在，云姑婆已完全忘记了，阿妈的巴掌落在她的屁股上，是不是很疼，还是一点儿也不疼……

3

在云姑婆五岁那年，刚刚过了正月十五，她的两个哥哥——云方和云正，就被阿爸送到石岐的外公那边去读书了。

听阿妈说，在离外公家不远的地方，就有一间学堂。

当时云姑婆也想去。可阿爸说：你还小……

临走的那天，阿爸和阿妈，还带着云方和云正，一起到祠堂去辞行。

云方和云正，都穿上了最好的衣裳。

默默地上过香，他们一家人，阿爸和阿妈，云方和云正，还有云姑婆，都面向祖宗的牌位，跪了下来。

之后，阿爸便朗声说："列祖列宗在上！今有云家的后人，莲生的二名犬子，方儿和正儿，要出岛念书，特来拜别。莲生拜求列祖列宗，佑护他二人，一路平安，学有所成，知书达理，自立自强，光宗耀祖！保佑我们云家香火永续……"

云姑婆觉得，阿爸的声音太好听了。

阿爸说完，即先自伏地磕了三个头。其他人也跟着阿爸，都磕了三个头。之后便一起起身，出了祠堂，向码头走去。

此前，阿爸已安排好船只。

码头冷冷清清的。

码头上，除了云姑婆一家，没有其他人。不远处就是大海的海面。因为是阴天，海面颜色很深。近一点儿的地方，可以看见涌动的波浪，不停地起伏，无止无休。再远，就什么都看不见了，一片苍茫。

临上船之前，一直默不作声的云方和云正，突然都流出了眼泪。特别是云正，还跑过去拉住了阿妈的一只手……

这时阿爸说："好了，上船吧……"

听阿爸这样说，云方和云正，马上就默默地向跳板走过去了。

阿妈则看着云方和云正的背影说："方，要看好正……"

阿爸也接着说："到外公家里不要胡闹……"

一会儿，船就开动了。那是一艘带船帆的船。帆是灰白色的帆。灰白色的帆船载着云方和云正，很快就驶出了码头，驶向了黑沉沉的大海，变得越来越小，越来越小，接着就什么也看不见了……

这时，阿爸才看着阿妈说："回吧……"

云姑婆至今记得：那一年，云方十二岁，云正九岁。

……

两个哥哥一离开，家里便只剩下云姑婆一个孩子了，她一时感觉好孤单、好无聊！

好在，每年放暑假和冬天过年的时候，他们还会回到岛上来，住上一月半月的（顶多不超过一个月）。

不用说，每次他们回来，云姑婆都会高兴得不得了，到了晚上都不肯睡觉。

而且，他们每次回来时，还会给云姑婆带一些小礼物，雪花膏了、胭脂盒了、红绸带了，都是岛上少见的，这让云姑婆满心欣喜。

而且，他们每次回来后，都会带着云姑婆在岛上四处乱跑，就像先前那样……

另外，每次他们回来，云姑婆都会在他们身上发现一点点的变化。比方，感觉他们个子又长高了一点儿，胳膊和肩膀也粗壮了一点儿，说话的嗓音好像也跟上一次有点儿不一样了。特别是云方，到后来，喉咙那儿还鼓出了一个小包，嘴唇上则长了一层淡淡的绒毛……

印象最深的是，他们每次回来，阿爸都要正儿八经地跟两兄弟说一次话。他们端端正正地坐着。阿爸也端端正正地坐着。阿妈也端端正正地坐着。就连云姑婆，也会端端正正地坐在那儿，听。这期间，阿爸会问他们一些事情，问问外公家里的事情，再问问学堂的事情，也会说一说时局。

有一次，云姑婆突然听见他们说起了一件事，说日本军队跟中国军队开战了，在淞沪那边打了一场仗。还说，这会儿战事正在朝南边转，说不上什么时候就会打到这边来。还听他们说，日本军特别凶狠，杀死了好多好多中国人。说有好多青年人，都想上前线去打仗，保卫国家……

其中的好多事情，都是云方讲的。

在云姑婆眼里，这时候的云方，已俨然是个大人了，眉目间的神情，带着阿爸一样的忧虑。举止行为，又显得特别沉稳。有时候，阿爸听了他的话，都要不停地点头呢——那一定是阿爸认为他说得对。

4

在云姑婆十岁那年（1942年）冬天，一日傍晚，阿爸接到了别人捎来的一封信，装在一个羊皮纸的信封里，大概因为在路上耽搁得太久，信封已有些破损了。

当时全家正准备吃晚饭。阿爸随即离开了饭桌，来到茶几的旁边，等阿妈也过来了，便就着茶几上的烛光，微微地皱着眉头，轻声地念起了那封信。

信是云方和云正写来的。

他们写道：

父母大人钧鉴：

不孝儿方正给二老跪安！

近日时局愈发险恶，日军已于上年七月攻占汕头、潮州，进逼揭阳，每日有飞机四处轰炸，一架、二架、三架不等。所炸之处，房屋瞬间毁塌，人畜死伤无数。方正在读之学堂，恐轰炸造成伤亡，已宣告解散，遣师生各自返家。日军暴行，令全民激愤。方正思之再三，经与同学几人协议：我等华夏儿女，必当报效国家。遂投军抗日，以男儿之志、热血之躯，共赴国难。现方正已投至中国国民革命军陆军独立20旅麾下（旅长喻英琦、副旅长张寿），编入第3团，方为轻机枪手，正为通信兵。儿等定当奋勇杀敌，为国尽忠。古言忠孝不能两全，儿等不能在二老膝前尽孝，心下惶恐之至，唯望二老安康！

儿等泣血遥拜，再拜，三拜！

不孝儿云方、云正

寄于民国三十年十月初九日

阿爸读完信，突然沉默下来。在云姑婆的记忆里，当时阿爸沉默了好久，好像有一整天那么久，也许有一年那么久。

阿妈和云姑婆，也都沉默了。

在那段时间里，屋子里的空气似乎都凝固了，不，似乎已经没有了空气。

阿爸沉默了一阵之后，突然从椅子上站了起来，随即便吼叫一般地说道："他们为啥不先跟我说一声？……不跟我打招呼？！"

　　片刻，又吼了一声："这么大的事情啊！"

　　阿爸的声音太大了，云姑婆和阿妈都被吓得呆住了。

　　阿爸的声音那么大，云姑婆从来不曾听见过。那次以后，也再没有听见过。阿爸说话，以前都是轻声细语的，那次以后，也是轻声细语的。

　　阿妈轻声地哭了起来。云姑婆也跟着哭起来了。

　　阿爸吼完了，呆呆地站在那里。不理会阿妈的哭，也不理会云姑婆的哭。仿佛没听见她们在哭。站了不知道有多久，才又重新坐回到了椅子上。坐下后，声音轻轻地说了一句："这是为了国家，去就去吧……"

　　阿爸的声音尽管轻，云姑婆还是听见了，她确凿是听见了。

　　……

　　从那以后，在每年的暑假和过年的时候，云方和云正，就不再回到岛上来了。云姑婆便也不能再跟他们一起在岛上四处乱跑了，他们也不能再给她带回来各种小玩意儿了，不能再给她带那些雪花膏、胭脂盒和红绸带了……

　　从那以后，云姑婆就再也没有见到她的两个哥哥，直到现在，直到今天，直到此时此刻！

　　每每想起他们，云姑婆都好生心痛！

最初一段日子，云姑婆还间或会从阿爸和阿妈那里听到一星儿半点儿有关云方和云正的消息。大约知道他们的部队似乎是在一个名叫大脊岭或者叫洋铁岭的地方，为了保卫一个名叫揭阳的城市，在与日本军打仗。但她不知道揭阳在哪里，也不知道大脊岭或洋铁岭在哪里，因为那些地方她从来没去过。以前没去过，至今也没去过。

　　每次听阿爸和阿妈说这些，她的心都会揪起来，揪得紧紧的。

　　那段时间，阿爸阿妈每天早晚都要去祠堂烧香，跪在列祖列宗面前，双手合十，祈求列祖列宗保佑他们平安。

　　到后来，云姑婆又听阿爸和阿妈说，他们的部队好像被打败了，日本军攻占了揭阳。他们的部队因此就转移了，转去了别的地方，一个她同样不知道的地方。

　　再后来，不知什么缘故，阿爸和阿妈忽然就不再谈论哥哥们的事了，也很少再谈论大脊岭、洋铁岭和揭阳了。她一度很不解，不知道这是为什么。后来她明白了，因为他们没什么可谈的了。他们没有了有关云方和云正的任何消息，一星儿半点儿的消息都没有了。

　　云姑婆至今记得，从那以后，家里一下子就变得非常的安静，似乎没有了任何声音，变得死气沉沉，没有人说话，也没有人走动。偶尔有一片树叶打在窗上，都会吓人一跳。特别是每天吃过晚饭之后，阿爸阿妈就各自枯坐在那里，一

74

脸的木然，一脸的凄苦。

这时候的阿爸，骤然老了十几岁。一夜之间，头发就白了。饭也吃得极少，仿佛只吃几口，就放下了碗筷。因为吃得少，身材便日渐消瘦，眼窝越来越深，脸上有了更多的皱纹——云姑婆亲眼看到了阿爸迅速衰老的整个过程。

阿妈也是这样。

阿妈从前光润的脸庞，在短短的时间，就失去了光泽，变得干枯起来。不仅如此，她还患上了心痛的毛病，一痛起来就脸色蜡黄，冷汗淋漓。她动不动就要手按胸口，呆呆地停在那里，要长长地叹息一声，才会缓解。

一天，两天……

一月，两月……

一年，两年……

直到云姑婆十七岁那年，他们才重新得到云方和云正的消息。

却不是一个好消息。

5

这一年，荷叶岛上来了一个名叫梁久荣的人。

那是在那一年的九月，有一天，是在刚刚吃过晚饭的时候，他们突然听到有人敲门。当时阿爸和阿妈正在客厅坐着。云姑婆便去开了房门。打开门，见门口站着一个青年男人，个子很高，但很消瘦，一脸倦容，穿着一身八成新的便服，好像是深蓝色的，肩上挎着一个包袱。

门一开，青年男人便问："请问这是云家吗？"

云姑婆礼貌地点点头，却没说话。

青年男人马上说："我来找云莲生云伯伯……"

云姑婆很快就把年轻男人领到了客厅。这时云莲生和云程氏已经来到了客厅的门口。看见他们后，青年男人微微怔了一下，随后就看着阿爸说："您是云莲生云伯父吗？"

云莲生也怔了一下说："我是……"

云莲生话一说完，青年男人便举起了右手——云姑婆注意到，他的手掌微微颤抖着——并且努力挺直了胸膛，郑重地给云莲生和云程氏敬了一个军礼。之后，又很快地跪到地上，并重重地叩了一个头。待抬起头来，眼圈儿已红红的，说："伯父伯母在上，我，梁久荣……云方云正的兄弟、战友……给二老敬礼了……"

一时，云莲生和云程氏都十分吃惊。

随后，云莲生慌忙走上去，一边搀扶青年男人，一边说："你是说云方云正……？他们……他们在哪儿？他们怎么没……你快起来，起来说……"

青年男人很快从地上站起来，看了看云莲生，又看了看云程氏，片刻，突然流出了眼泪，声音也哽咽了，说："伯父伯母……你们千万……你们千万要……"

听见这话，云莲生当即就踉跄了一下，险些跌倒……青年男人一把抓住了他的胳膊。

顷刻，云莲生也流出了眼泪。他一边流泪，一边却说："……我想到了……我想到了……"

就在这当儿，站在一边的云程氏，突然短促地"啊"了一声，之后便软软地、似乎无声无息地，瘫倒在地上。

此时的云姑婆，早已明白发生了什么事。她马上扑过去，双手抱住了云程氏的身体。那时候，她心里又悲痛又恐惧，不由得撕心裂肺地呼喊着："阿妈！阿妈——"

又喊："大哥啊——小哥啊——"

一边喊叫，一边失声痛哭。

……

当晚，在云莲生的要求下，梁久荣讲述了云方和云正遇难的经过。讲他们都是在那场揭阳保卫战中战死的。

据梁久荣讲，云方和云正，一个是战死在了洋铁岭，一个是战死在了大脊岭，云正在先，云方在后，前后只隔了几天的时间。

梁久荣介绍，那年日本军先从南澳岛攻占了汕头，不久又攻占了潮州。潮州沦陷后，国军独立20旅还发起了一场反攻潮州的战役，没打赢。于是依托桑浦山、乌洋山、青麻山、洋铁岭、大脊岭等有利地形，抵抗日军，保卫揭阳。

梁久荣讲，那场保卫战打了三年多，但最后打败了。云方和云正前来投军的时候，国军独立20旅正在大脊岭一线与日本军战斗，已经打了一年多，战斗也越来越激烈，官兵死的死、伤的伤，亟须补充兵员。

梁久荣讲，当时有很多前来投军的人，一心要抗日救国，很多是青年学生，其中很多人是潮汕本地的，另外也有阳江的，有梅县和韶关的，还有从海外回来的华侨，有的才十四五岁，还是个少年，虚报了年龄（梁久荣后来知道，云正就是虚报了年龄）。他们从没打过仗，也没摸过枪。但是部队缺人，送到兵站训练几天，学会怎么打枪了，就派到了前线。

梁久荣讲，他自己是比云方和云正早一年投的军。云方和云正来到部队后，都被分配到了他们连，云方还跟他在一个班，因此成了战友。记得在参加过几次战斗后，班长见云方稳重又有头脑，就让他做了轻机枪手。云正则因为一看就年纪很小，被连长留在身边，做了通信兵。

据他讲，他跟云方和云正最后都成了好朋友，但跟云方更熟悉些，毕竟就在同一个班，每天在一个战壕里吃喝拉撒，特别是在经历过几次战斗之后，很快就成了生死兄弟。不打仗的时候，还会缩在战壕里头聊聊天。聊聊父母、家人、时局，说的都是肺腑话儿，因为大家都清楚，说不上哪一刻，一颗子弹撞上来，自己就死掉了。

梁久荣介绍，他们所在的部队，最初是驻守在洋铁岭和乌洋山。洋铁岭地势险要，又是从潮州到揭阳的必经之路，因此成为保卫揭阳的重要阵地。他们当时的任务，就是守住洋铁岭和乌洋山。乌洋山是前沿。到了四月份，日本军开始攻打乌洋山。守了两个月，但是没守住。到了七月份，又来攻打洋铁岭。从七月到八月，双方一直在进行拉锯战。拉锯拉到了九月份，日本军对洋铁岭发起了强攻。

听梁久荣讲，洋铁岭的战斗打得极惨烈。那次战斗，他们跟日本军一连打了三天三夜。第一天，日本军来了150人左右，攻击他们的阵地。但几次进攻都被打退了。那天下午，我军还发起反攻击，把日本军打跑了。可是到了第三天——他记得是个阴天，后来还下起了小雨——日本军又开始进攻了。而且还有两架飞机和迫击炮配合轰炸，把阵地上的掩体都炸平了。

据梁久荣讲，仅仅在第三天一天的时间里，部队就牺牲了一大半人。连他们的连长都被打死了。小弟云正就是在那场战斗中牺牲的（但具体怎么牺牲的梁久荣却不知道，他说他没有亲眼见到）。那些牺牲的人，多数是被炸弹炸死的，有的头被炸没了，有的炸破了肚子，有的炸断了手脚，一个个血肉模糊……

据他讲，那天的战斗一直打到了天黑，最后连子弹也打没了。剩下的官兵们实在没法儿了，就放弃了阵地，连夜撤到了大脊岭防区……

梁久荣讲，大脊岭距离洋铁岭大概十几里路，也是揭阳防线的中心区域，当时有另一支部队（独立20旅第1团）驻守在那里。此前大脊岭也遭到日本军的反复攻打，不过这时还在我军的手中。他们一到大脊岭，连休整都没来得及，马上就被投入到新的阵地，参加了大脊岭的守卫战。

据梁久荣讲，云方则是在守卫大脊岭的战斗中牺牲的。

梁久荣讲，记得是在他们投入阵地的第三天，日本军就对大脊岭发起了攻击。攻击是在那天清早开始的。天刚蒙蒙亮，日本军就朝他们的阵地冲过来。当时长官说："弟兄们给我打！"他们就打起来。就在打退日本军的第一次进攻之后，他突然发现，云方中弹了……

梁久荣讲，在他发现云方中弹时，云方已经伏卧在掩体的旁边，脸上还沾着一些土。他慌忙跑过去，帮云方翻过了身体。他见云方被打中了两枪，一枪打在肩胛骨上，一枪打在胸口上。两个伤口都在往外冒血，血好像已经不多了，冒出来的是一个个带血的气泡。一个气泡刚破了，另一个气泡又冒出来……

他讲，那时候，云方还在呼吸，但闭着眼睛。他来不及多想，便慌忙撕扯自己的军服，想给云方包扎伤口，一边大声叫着云方的名字。一会儿云方睁开了眼睛，不过好像没有多少力气了，小小的声音说："我不行了……正死了……我也要死了……我父母……我还有一个小妹……"说着流出了眼泪。

梁久荣讲，听见云方的话，他也流出了眼泪。云方吸了一口气，又说："你如果……你可不可以……"云方一边这样说，一边看着他，热切地看着他……看着看着，终于闭上了眼睛。

梁久荣说，他明白了云方的意思……

梁久荣讲，由于伤亡太大，那年中秋后，他们的部队撤退到了揭东县的红厝寮。不久又接到命令，将防区交给国军63军186师接手。后来他听说，大脊岭也被突破了，日本军到底占了揭阳。不过，那之后没多久，日本就宣布投降了。

他讲，日本宣布投降的时候，他们的部队已经转到江西，在那里被编进了另一个部队，接着又被调到了中原，开始跟解放军打仗，从山东省打到河南省，又打到了安徽省。在打到安徽省的时候被包围了，全军都成了解放军的俘虏。

他讲，他们部队有一些人，被俘后参加了解放军。可他心里想着云方临死前说的话，一心要替云方和云正为父母尽孝，就不想再打仗了，于是领到了他们发的十五块大洋（受伤的可以发三十块），离开了部队，先在老家待了一阵儿，之后辗转来到了岛上。

……

讲到最后，梁久荣从他的包袱里取出了一张相片，递给云莲生。相片上有三个人，一个是云方，一个是云正，一个是梁久荣（三个人都穿着军装，没戴帽子）。梁久荣介绍，这张相片，是在他们驻防揭阳期间，一个战地记者前来采访，顺便给他们照下的。

云莲生迅速拿过了相片，长久地看着。云程氏就坐在云莲生身边，她也看着。云姑婆站在父母的身后，也看着。

看着看着，云莲生禁不住哭起来。接着，云程氏也哭起来。云姑婆也哭起来。

云程氏还从云莲生手里拿过相片，贴在了自己的胸口上。

坐在云莲生对面的梁久荣也哭了，他边哭边说："伯父伯母……如果您二老不嫌弃……就让我做你们的儿子吧……"

……

这张相片，后来一直被阿爸阿妈保存着，直到他们离世。

云莲生和云程氏离世之后，云姑婆在整理他们的遗物时，在云程氏的一只楠木盒子里发现了这张相片——用一块白绸布包裹着，包得仔仔细细。

如今，这张相片还被云姑婆保存着（前些年，她女儿海妮，还把相片拿到了上海，翻拍了一次）……

6

那之后，云莲生和云程氏都病了。云莲生病了一个多月。云程氏病得更久，过了将近两个月，才慢慢恢复过来。

云姑婆还好，没有什么事，只是每当想起云方和云正，想到他们真的不在了，想到这一辈子再也见不到他们了，再也看不到他们的笑脸了，再也不能跟他们说话了，听不见他们的声音了……心里就会一阵刺痛，安静下来的时候，会悄悄地哭泣。

梁久荣留在了岛上，帮助云姑婆照料云莲生和云程氏，也帮忙照料商行那边的生意。云姑婆还自作主张，专门腾出了一间屋子给梁久荣住。那原是家里的客房，凡有客人上门，都会住在那里。屋子很宽敞，有桌儿，另外开了一扇门，直通到院内。

她还给他更换了新的被褥。

那段时间，他们都很劳碌，也很辛苦。

遇到拿不定主意的事情，她也会去找他商量……

云姑婆私下想：幸亏梁久荣留下来了，才使得自己不会那么无助。

……

云莲生慢慢地康复了。

在康复之后的一天晚上，他把梁久荣叫到了跟前，询问了一些事情。

云莲生虽然康复了，身体还是很虚弱，不光瘦了很多，脸色也很不好，又黑又暗，说话也没什么力气。

那天晚上，大家都来到了客厅里。云莲生坐在他平日常坐的高背木椅上。

一会儿，云莲生对梁久荣说："久荣……你坐过来……我跟你说几句话……"

云莲生又说："你看这些日子……我们都没好好地说几句话……也没问过你……你老家是哪里的呢……"

梁久荣说："我家在韶关那边的南雄……"

云莲生说："哦，是客家……"

梁久荣点点头。

云莲生又说："家里还有什么人呢？"

梁久荣说："我爸爸几年前……十多年前……就不在了，我妈妈前几年才走的，是因为日本军的飞机轰炸……我家里还有一个哥哥，一个弟弟，两个妹妹……"

云莲生说："这次回家见到他们了？"

梁久荣说："见到了……"

云莲生说："他们……你长兄……他知道你来这里？"

梁久荣说："我跟他们讲了……跟我大哥也讲了……"

云莲生说："他们……你长兄……没有拦阻你？"

梁久荣说："劝了我几句……我说这是我自个儿的事，我还说要把我那份家产都给他们留下……他就没有再劝……"

云莲生停了停说："你今年有多大？"

梁久荣说："我比云方长一岁……"

云莲生很快说："哦，那你二十五，属鼠……"

梁久荣"嗯"了一声。

云莲生又停了停，时间要比上一次长一些，然后慢慢地说："这些天……我想了一些事情……"

梁久荣没说话，等着听云莲生说。

云莲生说："我们家……只有珠妹这一个孩子了……我想让珠妹跟你结亲……不知道你愿意不愿意……"

听见这话，梁久荣愣怔了一下，并且马上红了脸。

云莲生说这话时，云姑婆就坐在一边，她也愣怔了一下，也马上红了脸。

随后梁久荣说："我愿意……不知道珠妹她……愿不愿意……"

云莲生说："这个你不用管，你愿意就行了……"

云莲生稍停了一下，又说："还有一件事……我想让你改个名字……"

梁久荣不明就里，有点儿惊讶地看着云莲生。

云莲生说："听你讲，毕竟你是跟他们打过仗的……依我看，这以后的形势……也许什么事情都没有，也许有事情……是不是？不到非说不可，最好别说你当过兵……"

梁久荣似乎明白了云莲生的意思。

云莲生接着说："我已经替你想了一个。以后，你就叫梁玉昌吧，好不好？"

梁久荣说："好。"

云莲生又说："还有……你就说你是我们家招来的入赘女婿……以后有了孩子，还是跟你姓梁……"

梁久荣又说了一次："好。"

说到这儿，云莲生才把目光转向了云姑婆，对她说："珠妹你听见了？"

云姑婆仿佛被吓到了，声音轻轻地说："我听见了，阿爸……"

云莲生说："你再说一遍……"

云姑婆声音稍大了一点儿，又说："阿爸，我听见了……"

从那天起，梁久荣就叫了梁玉昌。这个世界上，从此消失了一个名叫梁久荣的人，被梁玉昌替代了。

……

转过年，云莲生就给梁玉昌和云姑婆操办了婚礼。云姑婆永远记着，那一年她十八岁；那一天，是农历的三月十三，谷雨日。

此前，云莲生已经给他们重新装修了一间婚房。

成亲后的云姑婆，变成了一个具有双重身份的人，一方面还是女儿，一方面已是人妻。她需要努力适应这两个身份。

云姑婆察觉到，在她跟梁玉昌成亲后，家里的气氛有了一些变化，似乎有了一丝欢乐的气息，不再那么压抑了。

特别是云莲生，脸上又有了些许的笑意。

云程氏也是如此。

有一次，全家人一起吃晚饭的时候，云莲生居然微笑着对云姑婆说："珠妹，这段日子，你有没有不舒服啊？有没有想呕啊？"

云姑婆一时没明白他什么意思，老老实实说："没有啊……我这几天，没生什么病……"

一听这话，包括梁玉昌，连同云程氏，当下就笑起来。云莲生也笑起来。

他们这一笑，云姑婆才明白了怎么回事。片刻，她自己也笑起来。

云姑婆认为，那段时间，阿爸还是挺开心的。

而这，也正是令云姑婆最感到高兴的……

7

不料，在云姑婆和梁玉昌成亲半年后，云莲生和云程氏，就双双亡故了。

对阿爸和阿妈的死，云姑婆一直觉得不解。她也一直不知道，他们到底是怎么死的，是发生了意外，还是他们有意那样做？

事情发生在那年九月。一天下午，云莲生和云程氏驾着一只小舢板到海上去了，出门的时候说，他们要到一个临近的"下岛"去看一个熟人——自此再没有回来。

　　云姑婆至今记得，那天的天气特别好，响晴响晴的，没有一丝云，也没有一丝风。

　　云姑婆还记得，在那之前，岛上来了一些穿制服的人，人们叫他们工作队。工作队有男有女，身上都背着或长或短的"火器"，暂住在她家的祠堂里，每天进进出出的。出来进去的时候，嘴里哼着歌："解放区的天，是明朗的天……"还动不动就召集岛上的乡亲开大会，会上不停地大声喊口号，还在村里各处贴了好多的标语，有的贴在住家儿的山墙上，有的贴在院门口，有的贴在窗框上。

　　事后回想起来，阿爸和阿妈在出海前，似乎没有什么异常。在出海的前一天，阿爸还被叫到祠堂去跟工作队说了一会儿话。那天吃晚饭的时候，阿爸曾经说了一点儿跟工作队见面的事，语气也是平平常常的。她记得阿爸说，他们要分我们的家产了，商行、田地都要分，屋也分，都分给村里的人，好像过些日子就要分了，分就分吧……

　　听说还要分屋，云姑婆不由得担心地说了一句："分了屋，我们住哪儿呢？"

　　阿爸愣了一下说："哦，这个他们倒没有说……我想，总归得给你们留一个存身的地方吧……"

隔一会儿，又说起了云方和云正。阿爸慢悠悠地、带着一点缅怀的意思说："云方要是活着，他也该成亲了；云正比他哥哥小三岁，也许还要等一等……"

　　阿爸还说："人都有一死……云方和云正，他们是为国家死的……按过去的说法，这就叫殉国……"

　　一会儿，阿爸又说："如今我老了……这几年，身板越来越差，浑身都不舒坦，不是这里痛就是那里痛，吃东西也不香了……你阿妈跟我一样，也老了……以后，家里面的事情，就要阿昌多担待了……"说着还看了梁玉昌一眼。

　　阿爸接着说："那天我一看见阿昌，就知道是个能托付的人……我一定没有看错……人厚道，又肯出力，又有头脑……珠妹跟着阿昌，我放心了……以后遇到事情，你们可要多商量，主意要阿昌拿……"

　　阿爸随后说："我总想看到你们快点儿生个孩子……那就好喽！有了孩子，日子就不一样了……"

　　说完这些，阿爸就不再说话了，直到吃完饭，都没有再说话。吃完晚饭没多久，云姑婆便跟梁玉昌回屋睡觉去了。

　　第二天，一家人一起吃早饭。

　　一见阿爸阿妈的面，云姑婆就惊讶了一下。跟往日不同，他们那天都穿得整整齐齐的，而且穿的是他们最好的衣裳，是过年的时候才穿的衣裳。后来阿爸告诉她，他们今天要到"下岛"去，去看一个多年的老熟人。云姑婆这才明白了。

阿爸还对云姑婆说："这件事，我跟你阿妈商量了半宿呢，最后才定下来了，我们今天就去……"

当时，云姑婆并没有多想。

吃过早饭，他们要走了。临出门的时候，阿爸平静地看着云姑婆和梁玉昌说："我们走了……我们想在下岛住几天……你们不用去找我们……"

这时候，云姑婆仍然没有多想。

她一直都没有多想。

不过，时间过了几十年，云姑婆还记着阿爸临走前看着她的眼神，也经常想起那个眼神。阿爸的眼神，似乎异常的平静，似乎又异常的坚决……

事情过去了这么多年，云姑婆始终确信，阿爸和阿妈，他们肯定就在海底的某个地方，默默地陪伴着她……

肆

为什么会飞来这么多海鸥

1

几十年的时光，一下子就过去啦！

几十年的时光，把云英珠变成了云姑婆，把梁玉昌变成了阿昌伯。

云姑婆没有想到的是，晚年的阿昌伯，竟然会患上老年痴呆的病，好像把所有的事情都忘记了，甚至不认得人了，用村里人的说法，就是脑子坏掉了。

事情发生在五年前。是在某一天的中午，云姑婆和阿昌伯一起午睡。当云姑婆一觉醒来，发现阿昌伯已先于她睡醒了，正站在床的另一边，直愣愣地看着她。云姑婆当时还睡眼惺忪的，尚未完全清醒过来，心里又有一点儿好笑，就问他道："老东西，你看啥呢？"

阿昌伯并没马上回答，过了片刻，却突然反问起云姑婆："你怎么在我家里？你是谁啊？"

云姑婆以为阿昌伯在开玩笑，并没多想，说："好你个老东西，逗我开心呢？"

可是阿昌伯并不像开玩笑的样子，停了停又说："你是怎么进来来我们家的？姑婆去哪儿了？她是不是出门了？那我去找找她吧……"

阿昌伯说着，果然绕过了床脚，向门口走过去，连鞋都没有穿。

云姑婆这才觉得不对劲，觉得很蹊跷，人也瞬间完全清醒过来，心里特别害怕，心说这是怎么了？大白天撞上鬼了？马上就从床上爬起来，赶过去一把拉住了阿昌伯的一只胳膊，说："老东西，你这是怎么了？你站住……"

阿昌伯被惊了一下，倒是没有挣扎，停住脚，回头看了看云姑婆，怔怔地想着什么。这样过了几秒钟，从眼神上看，好像又明白过来了，不过没说话。

云姑婆顺势把他拉到木椅上，按着他坐下去，嗔怪地说："老东西，你是不是犯癔症了？"

阿昌伯仍然看着云姑婆，看了许久，才突然说："你刚刚不是上床睡觉了吗？这么快就醒了？"

云姑婆这才放了心，心里想：也许他真是犯癔症了。

因为是第一次发生这种情况，云姑婆也没太往心里去，后来她还跟阿昌伯说起这件事，阿昌伯却一点儿都不记得了。他还说："有这样的事？我怎么不知道？"

　　可过了没几天，这种情况又出现了一次，而且比上一次还吓人。

　　那是在一天傍晚，两个人吃过晚饭，云姑婆照例要收拾碗筷，一时没有留意，等收拾完了，却突然发现阿昌伯不在房里。云姑婆心里一惊，想：他这是去哪儿了？怎么也不跟我说一声？于是马上就出去找，一边找一边叫着"阿昌、阿昌"，而且声音越来越高，把街坊都给惊动了。大家问了一下情况，当下帮着四处找，最后是在一处半掩在沙滩上的几块发白的大石头旁边找到了他——其时，他正呆呆地站在那里，面朝大海，若有所思。

　　当天晚上，云姑婆就给两个儿子打了电话，讲了阿昌伯的情况，让他们赶紧回一次岛，商量一下怎么办。第二天，梁海宽和梁海平便赶了回来。母子三人商量了一番，决定先到珠海的医院检查一下，看看这是怎么回事。

　　检查的结果很快就出来了。医生明确地说，阿昌伯患上了遗忘症，正规的说法叫"阿尔茨海默病"，现在还是轻度，以后会越来越严重。主要的症状是记忆力减退，对一些事情忘得很快，特别是近期的事。从前的事情倒会记得一些，比如一些特别重要的事，一些生死攸关的大事。再就是不认识人，可能连最亲的人，也会认不出来。有时候还会突然发脾气，大吵大闹。而且不知道饥饱，有时候，连自己吃没吃过饭都会忘记……

检查那天，阿昌伯状态还好，一直很平静，脸上笑呵呵的，看不出有什么问题。他自己也不知道来给他检查什么，还以为是来检查他的胃。因为云姑婆事先就跟儿子们商量好了，一定不能对他讲实情儿，就说来看看他的老胃病。

一从医院出来，阿昌伯就说："我的胃没啥大毛病吧？"

停停又说："都好几年没过来珠海了，我想四处逛逛……"

云姑婆心里一下子很酸楚，差点儿流出泪来，说："好，好！我们就陪你逛！你说去哪儿就去哪儿！"

儿子们马上附和道："对、对！您说去哪儿咱们就去哪儿……"

阿昌伯想了想说："我也不知道去哪儿……我光想看看那些大楼……再遛遛马路……"

两个儿子商量了一下，最后打了一个的士，让阿昌伯坐在副驾驶的位置上，帮他系好安全带，在珠海的市区里兜兜转转起来，遇到高大的楼房，就停下来看一会儿，简单评论几句，然后重新上车，继续转。

记得在又一次上车后，阿昌伯咕哝了一句话："前些年，这里还是一片荒草地呢……"

听见阿昌伯的话，云姑婆忽然想到：也许哪一天，他会把今天看到的一切全都忘记掉吧？把这些马路，还有这些高楼，统统忘得一干二净——这个念头一出来，她心里立即抽搐了一下。

从珠海的医院回来以后，云姑婆哭了一次。她一个人坐在院子里的凳子上，哭得特别伤心。哭着哭着，她对自己说："这个老东西，他怎么会得上这个病啊？一辈子辛辛苦苦，老了老了，倒变成个傻子了……"

等哭完了，她心里倒觉得轻松了一点儿，又对自己说："不管你傻不傻，我陪着你就是了，陪到你死……"

2

阿昌伯的病状很快就严重了。从珠海回来之后几个月，人就变了一个样子，似乎把所有的事情都忘记了，所有的事情也不会做了。包括吃饭和上厕所。吃饭根本就不知道饥饱，只要看见桌上还有吃的，就要拿起来往嘴里放。上厕所也不知道要去洗手间了，想在哪儿上就在哪儿上，不论客厅还是床上。

客观上说，这给云姑婆增加了很多麻烦。好在云姑婆不久就找到了应对这些事情的办法。在吃饭方面，她采用每餐定量，每次放在阿昌伯面前的食物都刚刚好，吃完这些就没有了。这样既不会让他饿着，也不会让他多吃。阿昌伯也很听话，给他多少吃多少，吃完便在那儿乖乖地坐着。

比较难弄的是上厕所。最初一段时间，他动不动就会把大小便拉在裤子里，有时候还会拉在床上。小便还好说，大便却难弄得多。有时候，不仅会弄脏内裤，还会弄脏床单，弄得满床都是。那就要大清洗。关键是，有了大小便，他根本不知道说。不过经过摸索，云姑婆也渐渐找到了一点儿规律，比方这次大便和下一次大便相隔的时间，另外通过表情也可以知道他是不是要大便了，然后马上带他到厕所去。

更重要的，是防备他走失。

患病后的阿昌伯，经常是不声不响的，又喜欢四处走，一眼照顾不到，人就不见了。特别是在他患病初期，腿脚还很利落。而岛上四面环海，可谓危机四伏。磕了碰了都不打紧，一旦失足掉进海里，就会有性命之危。云姑婆只好死看死守，须臾不离左右，不论做什么事，哪怕自己上厕所，都把他带在身边。为此，她还弄了一条绳子，在做什么事情的时候，便把一头儿系在自己的腰上，另一头儿系在阿昌伯的手腕上……

……

在阿昌伯从珠海回来不久，梁家三兄妹曾经回了一次荷叶岛，专门商量阿昌伯的事情怎么办好。他们带着满心的爱，带着痛心和难过，带着对父亲的怜悯，心急火燎地回到了岛上。然后七嘴八舌，说出了自己的想法。

有的说可以让"二老"轮流到他们每一家的家里去，大家分头来照顾阿昌伯；有的说要么就去住养老院，租一间好点儿的房间，老两口一起住在那里；有的说要么就请一个帮工，协助云姑婆来照顾阿昌伯……

他们的话，基本上表达了他们的心声，也表达了他们的无奈。

等他们都说完了，云姑婆淡淡地说："我晓得你们的孝心，也晓得有些事儿你们是有那个心没那个力……我知道，你们上班的上班，做生意的做生意，谁都不能耽误……阿爸的事，你们就不用操心了，我们就在岛上，哪里都不会去的……这样，你们的阿爸，他也许还能多活几年……你说是不是啊，老东西？"

一边说，一边看了一眼坐在木椅一边的阿昌伯，还轻轻地笑了一声。

阿昌伯没有吭声儿——好像听见了，又好像没听见，好像听懂了，又好像没听懂——他也在看着云姑婆，眼神儿定定的，也许知道在说自己吧！还似有一点点的害羞，嘴巴半张着。用一只手，右手，在反复地抚弄着自己衣服的前襟。

云姑婆又说："不过呢，你们以后要多回几趟荷叶岛……也多看几眼你们可怜的阿爸……那就行了……说不上哪一天……也许他……"

说到最后，心情似乎变得不好起来，就不说了。

3

日子一天一天地过下来。

阿昌伯的病情也没有再发生什么明显的变化，似乎稳定下来了。

为了更好地照顾阿昌伯，云姑婆自作主张，还打算把她和阿昌伯的"海岛旅游纪念品商店"盘给隔壁的红姐，不过，去跟红姐说的时候，红姐却没有同意。快言快语的红姐说："我的好姑婆，不瞒您说，我可巴不得呢！我只要翻修一下，店面就大了一倍。可我不能这么做啊！这不是乘人之危吗？我看您还是留着的好。我知道您老有儿女们供着，不愁吃不愁用，不缺这几个钱。可是有这么一个档口，您也有点儿营生做啊！我有一个主意，您看行不行？您要是信得过我，我就顺带着帮您照看一下档口，有客人就招呼一声，反正生意也不多。每天出多少货，我都把钱收好喽，收档的时候，您过来拿也行，我给您送家里也行……"

云姑婆想了想，认为这是可行的，便点了点头，表示她同意了。她的心里，也充满了对红姐的感激，只是没有说出来，似乎觉得没有必要说。

事情就这样定下来了。

当天，她还把商店的钥匙，也交给了红姐。

那以后，云姑婆就开始全心全意地陪护阿昌伯，照顾他的吃喝拉撒，包括睡觉，一天的多半时间，基本都在家里，但在每天的下午，在把大小便的事情处理好之后，云姑婆会带着阿昌伯，在岛上四处走一走，也会来到商店这儿，坐上一小会儿。

可是不管在哪儿，对阿昌伯都是一样的，他都不会有什么反应，神情木木的，眼神儿空空洞洞，不论看什么东西，都像没看见的样子（谁也说不清，他到底有没有看见）。但有一点：有些话他还是听得懂的，特别是云姑婆的话。比如，若云姑婆对他说，坐下吧，他就会坐下。云姑婆又对他说，起来吧，我们回家了……他便会站起来。

商店门前，那几个经常过来闲坐聊天的老人，本来都是阿昌伯的老相识，现在阿昌伯也都不认识了。其中一个叫周成伯的，还是当年跟阿昌伯一起出海打鱼的工友，曾经有意试探过他。

有一天（那会儿阿昌伯发病还没多久），周成伯看见云姑婆又带着阿昌伯来到了商店，便拉过一把塑料椅子，坐在阿昌伯的对面，问他："阿昌老哥，我想问下你，你真的不认得人了吗？"

阿昌伯大概一时没有反应过来，没吭声儿。

周成伯又说："你连我也不认识了吗？我们好熟悉

的……"

想不到阿昌伯说："你是谁呀?"

周成伯不死心,说："我是周成嘛!我们一起无数次出过海的,大家都叫我成仔嘛……"

阿昌伯说："成仔?谁是成仔?"

周成伯说："嗨!我就是成仔嘛!就是周成嘛!"

阿昌伯思考着说："周成?周成?"

一边说,一边轻轻地摇着头。

总之,那天周成伯问了半天,阿昌伯到底也没有想起来。后来周成伯就死心了。他当时非常的难过,也很替阿昌伯伤心,所以最后说："阿昌老哥,我可真是替你难受啊!你真是太没运气了,前半辈子吃了那么多苦,风里来浪里去,打鱼挣工分,把几个孩子都养大了……到头来,还得了这样一个病……你竟然把什么都忘得一干二净,啥啥都不记得了。你这不是成了一个废人吗?那你活着还有啥意思呢?"

说着还流出了眼泪。

不过,周成伯又说："唉……这样也好,就把那些不该记得的事,忘记了也好……你把啥啥都忘记了,你心里头也就清静了……就不用再为那些事情闹心啦!是不是呀,阿昌老哥?……不过,你这样可就苦了姑婆了……"

4

　　说实话，云姑婆并没觉得自己苦。她渐渐感觉到，她照顾阿昌伯，就像在照顾一个小孩子，其实是很简单的，无非就是吃喝拉撒，只是他块头儿比较大而已，况且还不用背他也不用抱他。

　　云姑婆还有一个发现，阿昌伯并不是把所有的事情都忘记了。她发现，许多事情，其实还深深地藏在他的脑子里，说不上什么时候，冷不丁就蹦了出来。

　　闲下来的时候，他们也会聊几句天。聊天的方式，或者是云姑婆下意识地要问阿昌伯什么话，或者是阿昌伯突然"想"到了什么事情，在那儿独自低语，或者大声嚷嚷，遇到这种情况，云姑婆一般都会接过他的话茬儿，跟他说几句话。

　　比方，有一次，刚刚吃完午饭，两个人还坐在饭桌前，阿昌伯看着云姑婆说："你知道吗？我老婆珠妹，她十八岁就跟我成亲了……她长得真好看啊……我这辈子，再没见过那么好看的女人了……"

　　云姑婆笑笑说："那我呢？我好看吗？"

　　阿昌伯说："别打岔……说你干吗……我说的是珠妹……"

　　云姑婆说："我问你我好不好看……"

　　阿昌伯说："你不好看，珠妹才好看……她有一双好明亮的大眼睛哦，闪闪发光的……那天晚上……等我把蜡烛吹灭了，还看见她两只眼睛在发光，就像一只小兔子……"

云姑婆立刻知道他在说什么，他说的是他们新婚之夜的事情，她未免有点儿害羞。

云姑婆说："你可真不知丑哦……还说那个事儿……"

阿昌伯说："珠妹的身子还那么滑溜……好滑溜啊！就跟剥了皮的鸡蛋一样……"

云姑婆更加害羞了，害羞的同时还有一丝甜蜜，一种久违的甜蜜，还有一种久违的感动。但她仍然说："你这老东西，越讲越不知丑了……"

另外有一次，那是一天早晨，阿昌伯刚刚睡醒，双腿放在床下，低垂着头，小声儿说："我叫梁久荣……我不叫梁玉昌……"

云姑婆听见了说："老东西，你说什么呢？"这时候，她已经起床了，正打算去做早饭。

让云姑婆没想到的是，阿昌伯竟然忽地一下站起来，声音也瞬间变大了，说："我是国军20旅3团士兵梁久荣……我们在洋铁岭……保卫揭阳……给我枪！给我枪！……"

云姑婆惊讶了一下，一时竟不知道该说什么好，就走过来，伸手扳住阿昌伯的肩头，想让他坐下来，同时说："我知道啊……你在揭阳那边打过日本军……可这个说不得的……说不得的……你明白吗？"

阿昌伯慢慢坐回到了床上，突然哭号似的说："有那么多人被打死了啊……尸体横七竖八的……日本军的大炮好厉害……有的没了头……有的掉了胳膊……有的破了肚子，肠子都流出来了……他们好惨啊……他们……再也回不了家了……还有云方和云正……云方和云正……"

由于说到了云方和云正，云姑婆也不由得伤心起来，便抱住了坐在床上的阿昌伯的肩，喃喃说："好阿昌……知道了，我知道了……"

还有一天下午，云姑婆和阿昌伯都在木椅上枯坐着，阿昌伯突然恐惧起来说："我不叫梁久荣，也不认识梁久荣……我叫梁玉昌……我没有当过国军……没跟日本军打过仗……也没叫共军俘虏过……我就是个渔民……我是云家的倒插门女婿……我岳父叫云莲生……我老婆叫珠妹，她大号叫云英珠……岛上的人都知道他们，也都认识我……"一边说，一边使劲儿地往远处躲。

听见阿昌伯的话，云姑婆不由得一阵心悸，接着又一阵心痛，半晌才缓过神儿来，随即伸出手，轻轻拍着阿昌伯的手背，连声儿说："不怕，阿昌……阿昌，不怕……过去了，现今都过去了……过去了哦……"

说着，眼角慢慢聚起了一颗眼泪。

5

阿昌伯去世了。

后来的阿昌伯，人已经越来越瘦，腿脚也越来越不灵便。而且，他好像吃什么拉什么，肚子里根本存不住东西。自那以后，他们就很少往远处走了。

在这期间，大儿子梁海宽回来过，二儿子梁海平回来过，女儿梁海妮也回来过。而且不光他们自己回来，他们的老婆、丈夫、儿子、女儿，也都跟他们一道，轮流着回来过。回来待上个三五天、七八天，跟云姑婆一起照顾阿昌伯，帮云姑婆洗菜、做饭，帮阿昌伯穿衣、洗澡、擦身体、剪指甲、剪鼻毛，几个人一起搀扶着阿昌伯，在村前村后、岛上各处走一会儿。他们每个人，都给云姑婆和阿昌伯带来了拳拳的心意，带来了孝心和爱，带来了关切，带来了各种吃食和药品。这些，云姑婆都真切地感受到了。

但是，他们回来了又走了，在阿昌伯去世的那一天，恰恰只有云姑婆一个人在家里。

那天上午，阿昌伯尚无什么异常。像往日一样，早上基本按时睡醒了。醒来后，云姑婆还带他上了一次厕所，又帮他洗了脸，然后吃了早餐。早餐也不比往日吃得少，依然是一碗加了肉碎和青菜末的白米粥，以及一点儿他爱吃的红腐乳（大概有小半块的样子）。吃完早餐，云姑婆又搀着他来到院子里，指给他看了一会儿头上的天，看了一会儿远处的海，又慢吞吞地带着他走了几十步的路，又倚着窗台站了片刻……之后，两人回了屋，一起在木椅上坐下来。

快到中午的时候，云姑婆又做了午饭。午饭，云姑婆还给阿昌伯煲了平时他喜欢的排骨冬瓜汤。吃完午饭，云姑婆再次带阿昌伯上了一次厕所，同时帮他擦了一下脸。做完这些，两个人就午睡了。

要说有什么异常，就是那天午睡的时候，在他们即将入睡之际，阿昌伯曾经慢慢伸出了他的一只干枯的手（云姑婆后来回想，那是他的左手），轻轻抚摸了一下她同样干枯了的脸颊……过一会儿，他就睡着了。

云姑婆也睡着了。

睡后不知多久，云姑婆做了一个梦（她已经很久很久没有做梦了）。她梦见岛上突然飞来了好多的海鸥，大概有成千上万只。海鸥们有的落在她家的房顶上，有的还落在窗台上，有的落在了院子里，有的则落在了祠堂上。就连邻居家的房顶，也落满了海鸥。村子里所有的树枝和电线上，也落满了海鸥。在荷叶村旁边的山顶上，也处处都是海鸥。而一些没有落下的海鸥，则在不停地围绕着海岛，以及她家的房子，低低地盘旋，那扇动着的白色的翅膀，几乎遮蔽了天日。

不论飞舞的海鸥，还是落在各处的海鸥，都不停地鸣叫着，那叫声非常响亮：

"嘎——嘎——嘎——嘎——嘎——"

在梦里，海鸥们的鸣叫持续不断，此起彼伏。

在海鸥的叫声里，云姑婆慢慢地睁开眼睛，醒了过来。

然而，海鸥的鸣叫声还在持续：

"嘎——嘎——嘎——嘎——嘎——"

云姑婆一时感到特别疑惑，不知道这是怎么回事，也不清楚自己尚在梦中还是已经醒来，于是下意识地朝窗外望去。

她当即吃了一惊。

她看见了，真真儿地看见了：在她家的窗台上，真的落着很多只，起码有几十只海鸥。它们挤挤挨挨的，似乎为了能占据一个有利的位置，还不时地抖动着翅膀。

云姑婆心中奇怪，想，怎么突然来了这么多的海鸥呢？

云姑婆一边想，一边看了看身边的阿昌伯，看他是不是醒了，如果他也醒了，她打算告诉他海鸥的事。

阿昌伯似乎还在睡着。

但是，云姑婆很快就觉得不对劲了。

她发现，此时的阿昌伯，已经没有了呼吸。

她不由得大惊失色，马上去摇阿昌伯的肩，接着又拍阿昌伯的脸，一边惊慌地连声呼叫："阿昌……阿昌……你醒醒！阿昌……阿昌……你醒醒……"

阿昌伯没有一点儿反应。

云姑婆摇了一阵儿，拍了一阵儿，叫了一阵儿……她终于意识到，阿昌伯已经走了，真的走了！

云姑婆心里一阵发冷，忽然想：啊！完了……

有一瞬，云姑婆怔怔地坐在那儿，脑子里迅速闪过一个个念头。

她想：他很快就会被火化掉的……

她又想：我就再也见不到他了……

她想：不能再跟他说话了……

她又想：也不能一起吃饭了……

她想：我再也摸不到他的手、他的脸，也听不见他的声音了……

云姑婆想着想着，忽然抽泣起来。这一刻，她心里非常的酸楚，非常的孤单，非常的无助……

云姑婆哭了很久，不知道有多久，后来她才意识到了什么，于是双手抖抖地先给梁海宽，又给梁海平，又给梁海妮分头打了电话，哽咽着跟他们说："你阿爸，你阿爸，你阿爸，你们的阿爸……"

……

阿昌伯真的去世了！

在离开这个世界的时候，他异乎寻常地安静，没有任何挣扎，没有任何声息，似乎也没有任何痛苦。

这个曾经几生几死的人，就这样静悄悄地合上了自己的眼睛。

人们后来说，在阿昌伯离世的那一天，荷叶岛上确实飞来了好多好多的海鸥，似有成千只，也许上万只。海鸥们有的落在荷叶村的房顶上，有的落在树枝和电线上，更多的海鸥，则密密麻麻，绕着整个荷叶岛，一圈又一圈，低低地盘旋。它们展开的翅膀，竟然遮蔽了天日。

　　而且，它们一边飞翔，一边在高声地鸣叫：

　　"嘎——嘎——嘎——嘎——嘎——"

　　人们都觉得奇怪，却谁也说不出原因，在阿昌伯离世的那一天，为什么会飞来这么多这么多的海鸥……

　　同样令人称奇的，是在阿昌伯离世半个小时之后，这些海鸥又全部消失了，且消失得极其迅速，似乎呼啦一下，那成千上万的海鸥，就飞离了荷叶岛，一只也没有剩下，不知飞到哪里去了……

伍

全岛覆盖计划

1

又是一个炎热的中午。

渡海的轮船，又在荷叶岛的码头靠岸了。

又有一群旅客，来到了荷叶岛。

一干花花绿绿的人，从船舱里走出来，身穿长长短短的衣衫，带着大大小小的箱包，走过了微微颤动的跳板（有的人还会短促地尖叫几声），鱼贯出了闸口。

人群一出了闸口，马上就四散开去，有的去了海滩，有的去了山脚下，也有的去了荷叶村，当中大部分人，去了"海上时光大酒店"。

其中有个叫王良的，也向大酒店走去。

这王良，三十余岁年纪，脸色青白，因常年健身，保持着很好的身材，上身穿一件纯黑色半袖立领小褂，下身穿一条黑西裤，脚穿一双黄皮鞋，露出了一截白袜子，当然他也拉着一只拉杆箱，比较大，很高级。

　　王良的身后，还跟着几个助手。

　　王良一边走路，一边取出手机，打了一个电话。

　　王良说："晏总你好！……我王良啊！……我们到了，刚刚下了船，正在往酒店这边走……你在大堂等我们？……好的好的……"

　　王良自称"创意策划师"。所做的事情就是为客户进行各种各样的策划。策划有大有小。小的或许是某种物品的包装；或者是推广一个新产品，或者是一项活动（其中有公益性的，也有非公益性的）；大一点儿的包括街区的美化，或者对某个建筑物的周边做一些环境设计，等等。

　　他会根据项目的大小，或者根据其他一些具体的情况，收取相应的费用，有的项目，费用较高。

　　大概在三四年之前，王良注册了一家事务所，所名叫"新意境策划师事务所"，他是该所的所长兼总策划师。设计所设在广州市。办公场所是租用的。不过，无需多久就要搬迁了。他已经买下了一处高档写字楼，有一千多平方米，且是在天河区的繁华地段，眼下正在装修，不日即可搬进去。

　　这件事说明，这几年，他所里生意很好，收益颇丰。

全所员工十余人。文秘、司机、财务、收发等一应俱全，另有一个给大家做午饭的厨师。不过主要还是几名助理策划师，包括创意助理、文案助理、平面制作助理、动漫制作助理等。拿到项目后，他们会根据客户的要求，或制作平面图，或制作动漫视频，向其展示。

　　王良具有国外留学的背景。人又聪明，用现在流行的话说，具有超强的大脑。见识也多，据说全世界他差不多都走遍了。而且颇会说话，表达能力极强。

　　王良走进酒店大堂，进门就看见了晏宁宁。

　　在项目前期来荷叶岛做现场考察的时候，王良和晏宁宁曾有很多的接触，早已很熟悉了。

　　王良上去用力抱了抱晏宁宁。

　　晏宁宁忸怩了一下。然后说："你们……先去房间放下行李，再洗洗脸，半小时后下来吃饭……我在这里等你们……"

　　王良已经放开了晏宁宁，说："好的……"

　　随后，王良又问："老况……哦……你们况总，到了吗？"

　　晏宁宁说："况总昨天就过来了……他本来想让你们去总部那边……他在那里听一听就算了，是我坚持说在岛上比较好，有现场感，他才同意了……"

　　王良说："那我们什么时候跟况总汇报？"

　　晏宁宁说："他说今天晚上……你是知道的，况总习惯在晚上工作，状态也是晚上最好……"

王良笑笑地看着晏宁宁说："好啊……我知道……"

晏宁宁说："你笑什么？那么猥琐……"

王良说："我笑了吗？不敢不敢……"

晏宁宁正色说："那这样，吃完午饭，你们再准备一下，看看有没有要调整和修改的，吃过晚饭后，九点钟吧，我们准时开始……"

王良也郑重起来，说："好嘞，没问题……"

晏宁宁说："况总说，午饭和晚饭，他都不陪王总吃了，我陪……有什么情况，我们吃饭时再聊……"

2

当天晚上，九点，展示"全岛覆盖计划"策划案的活动正式开始。地点是在"海上时光大酒店"之怀远楼的小议事室。参加者只有老况、晏宁宁、王良以及他的助手，另有两名女勤务员。

拉好了窗帘。打开了空调。调好了投影仪……

老况舒适地坐在会议室正中间的一只专门为他设置的宽大的沙发上，一如既往地咧着嘴角，面带笑意。片刻，他微微侧过脸，对坐在右手边的另一只沙发上的晏宁宁轻轻点了下头。

晏宁宁随即对王良说："王总，你开始吧……"

开始，王良讲了一下制作这个策划案的简单过程。他说："接下这个项目后，我们首先对全岛进行了几次全面细致的综合考察，拍了大量的照片和视频资料，回去后又进行了认真的分析和研究。首先我要说，我们的工作是认真而严肃的，这一点，务必请况总和晏总放心。同时我也可以保证，我们的策划一定是最优的策划、最好的策划。之所以这样说，一方面有我们以往的信誉做基础，另一方面，在做这次策划的时候，我们实际上是做了十几个方案，一个一个比对，一个一个淘汰，最后优中选优，拿出了现在的方案。还有，我也想趁此机会，给我们敬爱的况总，以及亲爱的晏总，拍拍马，擦擦鞋。作为一个不算普通的游客，我个人觉得，二位老总的想法真的非常有创意，非常棒！一旦实现，将具有标志性意义。我认为，现在的旅游业，缺的就是像二位老总这样的大手笔。而且我估计，前景也会非常好。我个人喜欢旅游，去过世界上很多地方，前几天刚刚去了马来西亚，那里有个'云顶'，想必况总和晏总也去过的。这次策划，它就给了我很多启发……"

王良讲完之后，即令他的助手演示他的策划案。在展示的过程中，王良辅以简短的解说。

首先，播放了一段荷叶岛的全景视频，用视频演示了岛的概貌。

王良说："这是荷叶岛现在的概貌。确实是个美丽的地方啊！青青翠翠的，说是天堂亦不为过……"

随后展示了一幅全岛的地形图。

王良说："这是我们绘制的一幅地形图，瞧，真的就像一片荷叶哦……"

接着，开始依次展示他的策划图，包括局部图和合成图。首先展示的是局部图。

王良说："好，现在来展示我们的策划。我想先展示几幅局部图。因为中间有一道山梁，荷叶岛被分成了两个区域。我们现在看到的，就是这道山梁。山梁也在我们的策划之内……山梁是全岛的制高点，可以打造成旋转式观景平台，山顶设咖啡屋、茶座、游艺室等等，还可以搞一间书报阅览室。所有的外墙，包括门窗，均使用钢化玻璃。凭海临风，一览无余……"

之后展示了岛的西部，就是现在酒店所在位置，包括码头和沙滩等等。

王良说："事先跟晏总交流，按晏总的意思，现在的酒店先保持原状，所以我们没有涉及。这次策划的重点，在岛的东部……"

随即开始展示对岛的东部，亦即现在的荷叶村以及周边区域的策划图。

王良指着策划图说："这就是岛的东部。以我个人之见，东部的环境比西部的环境还要好一些，可说是整个荷叶岛的风水宝地。这样一片地方，不开发就实在可惜了。考虑到酒店的中心在西部，东部可以另辟蹊径。我的建议是把这里搞成一个类似世外桃源的所在，让来到这里的人，有更多的逃避感、舒适感、放松感、安全感，主要是逃避感……所以我做成了这个样子……看上去就像一个风情小镇。在小镇前方，面海的地方，要有一个广场，可以是方形的，也可以是椭圆形的，地面铺设大理石，四周放座椅、植树木。广场后面，则是别墅群。每幢别墅均有院落，不必大，几十个平方米就够了……"

王良停了一下，喝了一口水，一边看了一眼老况，见他正听得入神，于是接着说："以上是我们对岛东所做的主体策划。另外，前段时间跟晏总交流，晏总说还要建几幢民用住宅，用来安置被拆迁的居民和在酒店工作的员工。这个我们安排在山后……对，就是这里……此处避风，可以建小高层。再就是要修一条环岛绿道，游客们可以骑单车兜风，也可以环岛散步，我想大家一定喜欢……除了以上这些，我们还可以建一处海洋世界体验馆，但这有一定的难度，不一定马上实施，不过我们也做了策划方案，供二位老总参考……"

王良再次停下来，似乎讲完了，可停了片刻，又开口说道："作为一名旅游发烧友，我衷心期望，并且相信，不久的将来，一个海上旅游胜地，一个新的旅游王国，就将在这里诞生。我热忱期待这一天的到来！那么，感谢况总！感谢晏总！感谢二位老总给我们提供了这个机会！"

王良终于讲完了。

老况突然笑了几声，且笑得很响亮，笑得大家莫名其妙，一时摸不着头脑。好在他很快就收住了笑声，仍旧坐在那里，乐呵呵地看着王良说："啊……好厉害！好厉害！王总你好厉害呀！你不光策划做得好，说得也这么好。王总你太能说了，把我都说傻了。我看你前途无量！那好，就凭你的这个策划，凭你最后那几句话，这件事基本上就决定了，当然了，可能还要开几个会。我们毕竟还有个董事会嘛……不过没关系，没太大关系……"

老况说着，又把脸转向了晏宁宁，说："你要估算一下，看看要多大投入。"

晏宁宁说："好的……"

老况又说："下面的事情，就要你做了。资金方面，可以先考虑向银行贷款……"

晏宁宁说："好的……"

老况说："我看当务之急，是要把几幢住宅楼先搞起来。不然拆迁的事情就搞不了。只有把拆迁的事情解决了，才能进行下一步……明白我的意思吧？"

晏宁宁说："是的，我明白……"

老况说："所有的事情都是这样。所有的事情，都是一环套一环的。哪一环没搞好，你的事情就办不成……这是我至今悟到的一个最简单又是最复杂的道理……"

老况说完，再次哈哈哈地笑起来，笑声仍然很响亮。

3

正如老况所说的那样，在此后不久召开的一次董事会议上，"全岛覆盖计划"便获得了通过。不过据说也发生了一点儿争执，有人还说了些不中听的话。但老况并不让步，一直笑呵呵地坚持着，其他人就没有办法了。

后来，老况把这件事告诉了晏宁宁。

晏宁宁对老况微微一笑。

老况正色道："我跟你说……这件事，你一定要稳扎稳打，千万不要着急，不要出任何乱子。特别是拆迁，弄不好就会惹出麻烦，那就糟了。所以要慢慢来，再慢慢来，功夫到了自然成。而且不可使强，最好示弱。我跟你说……一个人，他能乐呵呵地把事情做成，那才叫高手……"

晏宁宁半开玩笑说："我明白，你就是高手……"

老况居然自诩道："呵呵，差不离儿吧……"

那以后，晏宁宁便按照老况的指点，一步一步推进这件事情。她首先向银行提出了贷款申请。在等待审批的同时，一边着手筹建住宅楼。

正如老况所说，一环套一环，环环相扣。

贷款的事情没有什么悬念。建设住宅楼倒是相对劳烦一些。落实施工单位了、审阅设计方案了、签订各项协议和条款了。尽管有专门的团队帮她做事，不过最后还是要她来定夺的。除此还要请人吃饭（干部或非干部，主管干部或一般干部），同时喝酒（白酒、洋酒、葡萄酒、黄酒、清酒、啤酒）。轮番请，轮番喝。不吃饭不喝酒，有些话你就没法儿好好说，那你如何办得成事情？因此那段时间，她很忙碌，也很辛苦。

顺便说个插曲吧。

因为太忙，或者太累，偶尔，晏宁宁也会产生一点点困惑。

她会想：我做这些到底为了什么？

为了梦想吗？

我的梦想又是什么？

是有很多钱吗？

我缺钱吗？

当然，现在不缺了。

也许，我缺的是一种成功的感觉吧？

没错，我缺的就是这个……

人怎样才算成功？

我是不是一个有野心的人？

我有野心吗？

只能说，我有愿望……

那么，有愿望好不好？对不对？应不应该？

……

不过，想来想去的想不清楚，越想脑子越乱，就不想了。

4

不久，申请的贷款批下来了。

此后又过了近一年，安置房（住宅楼）也建好了。安置房建好后，晏宁宁曾亲自过去察看了一次，她认为还不错。根据需要，这次建了两栋楼。楼房外墙是青灰色的，看去比较雅致，主要是不很显眼。建筑质量没什么问题，房间的格局也基本合理，还搞了一个小区。

她让他们抓紧时间装修，争取尽快可以入住。

安置房建好后，晏宁宁即召集她的团队，研究部署了下一步的工作。当务之急是拆迁（在把拆迁的问题解决之后，方能开启全面的建设）。但是，大家心里都清楚，晏宁宁心里也清楚，拆迁的工作不好做，弄不好会出麻烦，可能还是很大的麻烦。

当然，不好做也得做，必须做。

后经他们（主要是晏宁宁）反复研究，反复商量，终于想到了一个认为目前较为可行的办法。并由此专门成立了一个全部由女青年组成的拆迁工作说服动员办公室，简称"拆动办"，又称"小分队"。部分成员还是从公司总部临时抽调过来的。成员年龄在二十五至三十岁之间。最主要的要求是能说会道，讲话时声音甜美。对相貌的要求倒不是太高，但也要五官端正，身材匀称，皮肤白皙。

之后又由晏宁宁亲自测试和遴选，确定了一个名叫肖恬恬的女青年做了负责人。

肖恬恬，今年二十五岁，播音主持专业的本科生，长相颇可人，尤其是一双眼睛，总是笑盈盈的，一看就特别亲切。据说，若听她轻轻一笑，你的心里都会甜出水儿来。不过，她的最大的优势，还是会说话儿。怎样才算会说话呢？就是你的话别人爱听，听了舒坦，更易被人接受。同时你也会没话儿找话儿，借话儿生话儿，另外还能因势利导，顺坡下驴，该简的简，该繁的繁，对事情又有很好的判断力——这些优点，肖恬恬都具备了。

为慎重起见，在"小分队"开始工作之前，晏宁宁曾专门给全体人员开了一次会，讲了一些注意事项。

晏宁宁首先微微地笑了一下，之后脸色便渐渐地凝重下来。

她说："这件事，拆迁的事，特别重要，所以一定要做好，要保证不出任何事儿。在这个过程中，我们不知道会遇上什么样的人，很可能会遇上很难缠的人。但不管遇到什么情况，你们都要骂不还口，打不还手。一个外国诗人说过，我忘了他的名字了，你打我的左脸，我把右脸也给你打。我向你们保证，你们一旦受了委屈，公司肯定会补偿你们。这次，我们主要采取以房换房的方式，就是拿我们的新房换他们的旧房。目前来看，这可能是比较稳妥地解决这次拆迁问题的最佳方式。当然，我们会为此增加一些成本。但是，经过认真考虑，为了酒店的长远发展，这些投入还是值得的。我们不想去强拆，那样影响不好，也有可能出乱子。所以我们只能去动员，去说服，想尽一切办法去说服。我个人估计，有些人可能很容易就接受我们的条件，那当然好。有的人也可能不那么容易接受，他们也许舍不得自己的旧房子，这也可以理解。对于这种情况，我们可以适当地给他们补一点儿钱。至于补多少，到时候再定，不过也要有个限额，不能漫天要价。还有些人，你可能一次谈不下来，那就谈两次。两次谈不下来，那就谈三次。总之，直到谈下来为止。这就要看你们个人的能力和本事了。表现好的，公司会另外奖励……大家听明白了吧？如果听明白了，明天晚上，我们就要开始工作。为什么要选在晚上呢？因为家里有人。说到这儿我想起来，因此要提醒大家一下：你们都是女孩子，衣着打扮上，千万不要太张扬，朴素为主，穿得别太艳，也别太暴露，我怕他看不惯，也怕你们不安全……"

于是，在第二天的晚饭之后，天黑之前，即有一些年轻女子，大概七八个的样子，就从酒店那边出来，转过山脚，不声不响地进入了荷叶村。

女子们均容貌靓丽，面皮白净，身材苗条。有的短发齐肩，有的一头长发，有的戴着近视眼镜。有的穿着套装，有的穿着长裙，有的穿着小长裤，多数都穿着波鞋，总之，衣着都很素雅。

进村之后，即每两人一组，分别走向了各家各户。

两个人中，必有一人提着一只塑料袋，里面装着礼品，或一些水果，或两罐奶粉，或两包茶叶，或一盒曲奇，或一条香烟……

另一个人，则带着一个放着资料的文件包。里面有公司为她们准备好的、打印在A4纸上的全村各户的详细资料。

诸如：户主的姓名、年龄、籍贯、文化程度、婚姻状况、健康状况、生活履历、有无其他嗜好（烟、酒、茶、赌），现在家庭人口、现所从事的职业、儿孙中有无在外（岛外、省外、国外）工作和生活者、有无特殊背景、家庭经济状况（高、中、低档）、主要经济来源，以及现住房的状况（面积、层数）、现房何时所建、破损程度如何等等。除此，还有电话号码（含座机号和手机号）。

而且，这些资料，她们早已反复研读过了。

5

其中一组，就是肖恬恬的那个组，来到了云姑婆的家。

肖恬恬来云姑婆家，前后来了三次。

第一次，他们并没有谈到有关房子的事情，只说了一些家常话，停留的时间也不长，前后不到半个小时。似乎，肖恬恬是有意这样做的。不过，她那天的表现却非常的好，好到没得说。

当时，云姑婆刚吃完晚饭，听见敲门声，就过去打开了门。

门一开，肖恬恬立刻迎着云姑婆说："云婆婆，您好……"

云姑婆怔了一下说："你们……哦……你们认得我？"

肖恬恬随机应变说："认得呀！您在村口那边开档口……"

云姑婆说："那你们是……"

肖恬恬笑盈盈地说："我们是酒店那边的……"

听到是酒店那边的，云姑婆不由得有点儿戒备，说："你们……找我有事情？"

肖恬恬说："也没什么大事情……就是我们酒店的领导，派我们过来看望一下您……"

云姑婆有些迟疑，一时不知道该怎样做。

肖恬恬仍笑着说："婆婆，我们进屋去说好吗？"

云姑婆似乎感觉自己失礼了，立刻带着歉意说："啊，进来吧，进来吧……"

三个人进了客厅。

云姑婆仍然带着歉意，指着木椅说："你们坐，坐吧……我去给你们倒杯水……"

肖恬恬马上说："不用，婆婆……我们不渴……婆婆您也坐……"一边说，一边还拉住了云姑婆的一只胳膊，拉着云姑婆一同坐下来。

待大家都坐好了，肖恬恬从同伴手里拿过一个塑料袋，里面装着两罐奶粉，试图交给云姑婆，同时嘴上说："这是我们领导给您买的高钙奶粉……年纪大的人，一般都缺钙……喝这个，对身体特别好……"

云姑婆倒仿佛被吓着了，急忙说："不行……这个我可不能要……真的不能要！"

云姑婆的反应让肖恬恬感到很意外，一会儿才说："也不是多贵重的东西……我们领导说，大家都在一个岛上住着，远亲还不如近邻呢……"

云姑婆仍然满脸的惊慌说："领导的心意我领了……这个我不能要，真的不能要……"

见云姑婆如此害怕，肖恬恬意识到，这件事不能再说了，随即便改了口，说："婆婆这么认真啊！那我们拿回去好了……"

云姑婆马上轻松起来，说："啊……拿回去好，拿回去好……"

肖恬恬说："我知道婆婆不缺这些东西……"

云姑婆说："也不是不缺，是不能……不能随便要人家的东西的……"

肖恬恬说："婆婆说得对……婆婆您真了不起……婆婆您读过书吗？"

云姑婆摇摇头说："没读过……就跟我阿爸学了一些字……"

肖恬恬一副心直口快的样子说："一看婆婆就是深明大义的人啊！我奶奶也是呢！婆婆比我奶奶的年纪还要大一些，不过跟我奶奶很像……每次我回家，她都要跟我说，女孩子在外头，一定不能贪便宜，不能贪图别人的钱……不能这，不能那……可烦人啦！"

不料云姑婆听见这话，却笑了，说："你家是哪里的呢……"

肖恬恬说："我老家在江西……"

云姑婆忧虑说："江西？电视上听说过……是不是很远的？"

肖恬恬说："远呢……"

云姑婆说："那你是在酒店这里打工吗？"

肖恬恬说："是啊！婆婆您不知道，打工才辛苦呢……

老板让干啥，你就得干啥，不然就要扣工资，可能还开除……"

云姑婆说："可真不容易……唉……姑娘你多大啊？"

肖恬恬说："我呀……二十五了……"

云姑婆说："唉——这么年轻就……那比我大孙子还小呢……他属虎，三十了……"

肖恬恬说："婆婆好福气，孙子都这么大了……他在哪儿呀？不在岛上吧？"

云姑婆说："他在广州……"

肖恬恬明知故问说："他在广州做什么？也是去那边打工吗？"

云姑婆说："他当老师……他一小儿就在广州，是在广州出生的，他阿爸，就是我大儿子，年轻时候就去了广州，在那边结的婚……明白我的意思没？"

肖恬恬说："明白明白……那婆婆去过广州吧？一定去过的……"

云姑婆说："我没去过……他爷爷去过……"

肖恬恬说："婆婆真是的，儿子孙子在那里，都不去看一看？"

云姑婆说："家里事情多呀……他们来看我就行了……"

肖恬恬说："婆婆真有趣，那就以后去吧……广州好好呢，很多的商场，很多的酒店，反正什么都多，什么都好……"

肖恬恬和云姑婆，就这样聊着，看似随随便便的。

看得出来，云姑婆还是很开心的——否则不会说这么多的话。

如此，肖恬恬的目的就算达到了。

这样聊着聊着，肖恬恬看见云姑婆叹了一口气，于是马上说："婆婆累了吧？那我们就回去了……过两天，我们还来看您……"

云姑婆真的有点儿累了，所以没有挽留他们。

肖恬恬和她的同伴，带上那两罐奶粉，离开了云姑婆的家。

一走出云姑婆家的门，同伴就对肖恬恬说："你都没说房子的事……"

肖恬恬说："今天说不合适……"

同伴不解说："怎么不合适了？"

肖恬恬轻叹了一声说："这是个善良的阿婆啊，也是个聪明的阿婆！搞不好她会反感我们的……别着急，下次吧，下次说……"

6

隔过一天，肖恬恬和她的同伴，就再次来到云姑婆的家。

跟上次相比，这一次见面的时间要短一些，过程也相对简单。再就是，她们这次没给云姑婆带礼品。

不过，见面之后，还是寒暄了几句。问了问吃过饭了吗？之后又说了说天气，说了说身体好不好，等等，随后就都坐下来。

并且静默了一瞬，似有一点儿尴尬。

随后肖恬恬说："婆婆，我们今天来，是想跟您商量一件事儿……"说完马上轻轻地笑了一下。

云姑婆说："是不是拆屋的事？"

肖恬恬倒没有吃惊，笑着说："是啊……婆婆怎么知道的？"

云姑婆说："村里人都在说……红姐也跟我说了……"

肖恬恬说："其实……我们上次来，就是想说这件事的……"

肖恬恬稍停了一下，随即显出非常认真的样子，接着说："反正您都知道了……我就仔细跟您说说吧！这件事儿，我们不会强求的，最后还得看您愿不愿意……我倒是觉得，这不是坏事儿，而是好事儿……"

接下来，肖恬恬就把有关换房，包括拆迁的一应事情，一些基本情况，对云姑婆说了。说的过程，态度始终是认真的、诚恳的，始终面带着微笑。

云姑婆也是认真的。她在认真地听，认真地想。心里面既很冷静，同时又有一丝丝的忐忑。

介绍完情况，肖恬恬说："事情就是这样子……婆婆您……听明白了吧？"

没等云姑婆回答，肖恬恬又说："从酒店的角度，主要是考虑到荷叶岛以后的发展，才这样做的。所以我们非常希望得到居民们的理解，也希望得到婆婆您的理解……"

云姑婆想了一会儿，才说："你是说，要先把荷叶村所有的屋都拆了？"

肖恬恬笑嘻嘻地说："是呀……不然就不能搞开发！这方面，酒店早有安排了，所以事先就建好了安置房，用新房换旧房……婆婆看见了吧？"

云姑婆说："动工那会儿就看见了，一帮人叮叮当当的，开始还不知道要干啥，慢慢才知道了……就用那些新屋，换我们的旧屋吗？"

肖恬恬说："对啊！新房换旧房，一听就划算呢……"

云姑婆说："听着好像挺划算的……"

肖恬恬说："婆婆有没有去看看那个新房子？好好呢，就跟城里的房子一个样，还装了电梯，上楼下楼，一按按钮就行了，又快又方便……"

云姑婆说："我还没去……有人去过，听他们说了……"

肖恬恬说："酒店的领导还说呢，有些人家儿房子挺大的，我们还会补一些钱，就按面积补，差多少补多少，不能让老百姓吃亏……我看您家的房子就挺大，也许要补好多钱呢。那时候，婆婆可就发财喽！"

云姑婆说："我要那么多钱干啥呢？怎么花呢？"

肖恬恬说："看您说的……有钱还怕没地方花？您想买啥就买啥……想去哪儿就去哪儿……要不就分给您的儿女们，他们一定特高兴……"

云姑婆没说话，似在想什么。

一会儿，云姑婆又说："刚刚你说，要把村里的屋都拆了，一间也不留吗？"

肖恬恬说："是呀婆婆，我是这样说的呀……"

云姑婆说："那有一个祠堂……也要拆吗？"

肖恬恬说："是的，要拆的……"

刚说完，马上意识到了什么，于是又说："哦婆婆，您是想说，祠堂也是您家的，对吗？这好办呢！我们把祠堂的面积也算进来就行了，您还能多得一些补偿款呢……到时候，会有人过来丈量……婆婆您不用担心，我们不会让您吃亏的……"

云姑婆知道肖恬恬误会了她的意思，说："不拆祠堂……行不行呢？"

肖恬恬说："这个我就做不了主了……他们有他们的规划……我们就做我们的事儿……"

云姑婆不说话了。

肖恬恬看着云姑婆。

一会儿，肖恬恬笑着说："婆婆您看……这件事儿……您同不同意呢？"

云姑婆迟疑着，片刻才说："我不知道……我这心里乱糟糟的……我要问问他们才行，问问老大和老二……海妮在国外，就不问了……"

听云姑婆这样说，肖恬恬自然很失望，但她仍然笑着，看不出她的失望，停了停，她说："婆婆您别着急……那您就问问他们吧……这么大的事儿，是要仔细商量一下的……"

肖恬恬和她的同伴离开了。

云姑婆关好门，重新坐回到木椅上。

她心里确实是乱的，似乎又特别空，空得人难受。

她坐着，想着（其实什么也想不清）。这样不知过了多久，才拨通了大儿子梁海宽的手机。

云姑婆说："阿宽，还没睡觉吧？"

梁海宽说："没睡，看电视呢……"

云姑婆说："没睡就好，我有事跟你说……"

梁海宽说："说吧……"

于是云姑婆就把有关换房子，以及拆迁，以及肖恬恬等等一系列的事，从头说了一遍。不过，由于她事先没有想好，加之心里很乱，说得便也很乱。不过，经过梁海宽的反复询问，还是说清楚了。

等云姑婆说完了，梁海宽说："就这些吗？"

云姑婆说："就这些……"

梁海宽说："这样很好，阿妈……"

听梁海宽这样说，云姑婆有点儿吃惊，说："你说什么？"

梁海宽说："我是说，这样很好……你听我说，阿妈……一个呢，是我们可能阻挡不了人家……再一个，拆了你就来广州嘛……不愿意来广州，去惠州也行……就不要在岛上住了……"

云姑婆呆住了，许久没说话。她不明白他何以这样想。

梁海宽"喂"了两声，说："阿妈，你在听吗？"

云姑婆说："我在听……这可是祖宗留下来的，说拆就拆了？"

梁海宽说："这样吧，阿妈……电话里头说不明白……我本来就想这个周末回一次岛的，到时候再叫上海平，今天就不多说了……等我仔细想想，见了面我们再慢慢说……好不好，阿妈……"

过一会儿，云姑婆又拨通了二儿子梁海平的电话，把有关拆迁和换房子的事，又跟他讲了一遍。

梁海平虽说排行老二，年纪却要比梁海宽小得多，因为在梁海平和梁海宽之间，本来还有一个男孩子的，不幸在三岁的时候得了脑膜炎，因荷叶岛上当时没有医院（连医生也没有），救治不及时，病亡了——此事前边曾经讲到过。

梁海平年轻的时候就不安生，当年死活要离开荷叶岛，为此阿昌伯还骂过他，后来还是梁海宽帮忙，在广州找了个临时工的活儿，可干了一阵子，又觉得没意思，就跟几个人合伙做生意，也没赚到什么钱，一个偶然的机会，认识了如今的老婆，老婆有能耐，说服他开了现在这家店，这才安定下来。

梁海平更直接，听完云姑婆的话，马上就说："那拆就拆了吧……他们不是给钱吗？给钱就好……最好争取跟他们多要点儿……还给一套房子，这太划算啦……干脆把新换的房子也卖了……我跟老大再补一点钱，来惠州这边买个房子，就在我这个小区买，很便宜的……这样大家也就都安心了……你总不能就这样一个人住在岛上吧……年纪越来越大，谁也不知道会出什么事……你想想，是不是这样子……"

跟两个儿子通完电话，云姑婆心里更加乱了……

7

还有两天才是周末。

这两天，云姑婆的心一直是乱的。这当中，也包含着她心里对儿子们即将回家的一点儿隐隐的期待。说实话，儿子们回来的次数并不少。但是，他们每一次回来，她的心里都会有一种说不出来的喜悦。按照以往的习惯，她早早就会考虑要让他们吃什么。

比方说，她知道海宽爱吃鱼，广州那边鱼又贵，就会每次都去鱼市买几条大个儿的鲜鱼，每餐蒸给他吃。海平呢，现在不喜欢吃鱼了，却喜欢吃扇贝，她就每次给他买一些，看着他一边蘸着芥末吃扇贝，一边喝烧酒。值得一说的是，不论他们哪一个回来，她都会煲一罐汤。煲好了在那儿晾着，让他们一进门就有东西下肚。汤不一定要用多么好的料，主料不外排骨、活鸡什么的，但她会根据时令，也会根据他们的口味，放一些不同的佐料，五指毛桃、鸡骨草、薏米、木瓜、眉豆等。

不过，最让云姑婆心乱的，主要还是房子的事。

简单说就是：她是同意换呢，还是不同意换？同意拆呢，还是不同意拆？

她要做出一个抉择。

可是，她越来越不清楚，自己应该怎么办。

特别是最近这几天，村子里还出现了一些新情况。

这几天来，荷叶村的所有人，似乎都在谈论房子的事。好像随时随地都在谈。关键是大家的态度，也都越来越清楚了。云姑婆感觉到，现在村里的绝大多数人，已经认同酒店方面的说法了。

就说红姐吧，开始还对云姑婆说："我可不同意拆。这样一拆，我们的店就没了。我们靠什么生活呢？我还要供我女儿读书，一年的学费，都要几万元呢……"

可到了昨天，态度就完全变了。

昨天一早，云姑婆刚刚来到她的"海岛旅游纪念品商店"，红姐就过来了，跟她说："昨晚酒店那边又来人了……"

云姑婆说："是吗？我家也来了呢……"

红姐说："这是他们第二次来了，还是两个女孩子，说的都是好听话儿，还带了一篮子水果给我们……第一次来说的时候，我都没怎么搭理她们，第二次，又来说……我就给女儿打了电话。女儿倒觉得挺好的，说我们不吃亏……我也去看过他们的新房子……跟现在的房子比，小是小了点儿，可人家那是新房呀！何况还补钱……"

云姑婆没吭声儿，认真地听着。

红姐又说："补了那些钱，我女儿的学费就不用操心了……这可是我最犯愁的……她爸爸又不在了……房子是不是小点儿，就没那么要紧了……先将就住几年吧……等女儿毕业了，肯定也不会回岛的，说不定要留在大城市……她说她喜欢深圳……说来说去我就这么一个女儿，以后肯定她去哪儿我去哪儿……这样一想，我就同意了，同意换他们的房子了……"

云姑婆心里动了一下。红姐有一句话，触动了她的心，就是那句"这可是我最犯愁的"。

红姐又说："那两个女孩子还说，等拆迁以后，我还可以到她们酒店去应聘……应聘成了，还能拿一份工资……"

红姐跟云姑婆说话时，周成伯也在场。他是跟云姑婆脚前脚后来到店铺这边的，一来就在自己以往常坐的一张椅子上坐下来，手里握着一只保温水杯。

没等云姑婆说话，周成伯就接过红姐的话头儿，说："我那儿也来了两个乖乖女，态度好得不得了，话说得才好听，还送给我两筒单枞……瞧，我喝的就是。一喝就知道，这茶是高档货……这么高级的茶，肯定很贵的……"

说着还举起手里的茶杯，让大家看了看，随即又说："我听说，那边酒店的老板，靠山硬得很，上上下下的干部，全都搞得掂……还特别有实力，不然怎么能拿出这么多的钱？那两个乖乖女，她们跟我说，光这次拆迁，酒店就得拿出上千万元钱……不过这些咱就不管它了！我自个儿倒是觉得挺划算的……我那个破房子，都住了十几年了，想不到还能换点儿钱……有了这点儿钱，往后可就不一样了……再者说，我也这把年纪了，在哪儿住还不是一个样呢？"

在周成伯说话期间，又有几个经常在店铺门前闲坐的人过来了，有的已坐在凉棚下，有的还站着，有的戴着草帽，有的拿着扇子。

凡是过来的人，很快就都加入了谈话，谈的都是房子的事。

云姑婆坐在店铺里，听着他们谈……

8

终于到了周末，梁海宽回到了荷叶岛。

这天一早，云姑婆就煲了一罐花生眉豆鸡脚汤，还特意放了一把枸杞。

不过，梁海平因为突然有事，没有回来。

在梁海宽喝汤的时候，云姑婆问他："阿平不是也要回来吗？咋没回？"

梁海宽一边喝汤一边说："昨晚老二给我打电话了，说他岳母得了阑尾炎，要去医院做手术，他不去不好……老二还说，房子的事他那天打电话跟你说过了，昨晚上又跟我说了一遍……我呢，倒不赞成把新房也卖了……我觉得，岛上还是要有个住处的，留一个落脚的地方……不管你以后去广州，还是去惠州，我们总不能就再不回岛上来了……毕竟，这里还是我们从小到大的家……一旦想回来，我们住哪儿呢？总不能住酒店吧……要是那样，就等于把我们全家，从岛上连根拔走了……"

说完了，还重重地叹了一口气。

梁海宽的模样儿，很像他父亲阿昌伯，脸型和眉眼都很像，也是很清瘦，个头儿却比阿昌伯略高一点点。不过，由于他这么多年一直在城市里生活，已经生活了大半辈子，头发都花白了，完全就是个城市人的样子了。因此，他现在看上去，要比阿昌伯柔弱很多。行为处事的方式，包括思想观念，也与阿昌伯有着很大的不同，看待事情，似乎也更加的周全。但是，脾气秉性，可能还是没有太大的改变，大概也改变不了吧，所以，骨子里还是一个老实人，是一个忠厚的人。

云姑婆看着梁海宽，没说话。

大概由于心思太多的缘故吧，最近这几天，云姑婆一直就不怎么爱说话。

说起来，以前的云姑婆，其实也是不怎么爱说话的。就像人们所描述的那样，她一直就是个很安静的人。可是，虽然话不多，心里却是有主张的。想当年，遇到什么事情，阿昌伯都要跟她商量的，她提出的建议，也是经常被人家采纳的。而且，不仅在家里是这样，在外面也是这样的。

过了许久，云姑婆才忽然对梁海宽说："那你要不要去看下他们建的新屋？"

听见云姑婆的话，梁海宽居然愣了一下，片刻才说："哦，要去看，要去看……等吃了午饭吧，我们去看看……"说完了，心里竟然顿感一阵轻松，仿佛压在心上的一块石头，一下子被卸掉了。

说实话，直到一分钟前，甚至从今天早上他走出广州的家门起，也包括后来在大巴和海船上，甚至再早一点儿，在那天通过电话之后，梁海宽就一直在考虑，要怎样说服云姑婆，让她接受自己的意见，接受这个现实。尽管那天通电话的时候，云姑婆并没有说什么，但他可以感觉到，她心里是不愿意的。

所以他担心，说服她会很难，也许特别难，没准儿还会发生争执。

但是，他心里很清楚，不管她愿不愿意，到头来都是没有用的，也没有实际的意义。说白了，如果他们想怎样做，那是一定会做成的。因为他们势力大，又能想出很多的办法。而且，他们一定会想尽世界上所有的办法……

他之所以觉得难，是因为不知道怎样跟她说这些，也不知道她懂不懂得这其中的道道儿。他想她是不会懂的。她怎么会想这么多呢？同时他也知道她的性格，也知道她因何这样想，知道家里的房子和祠堂，对她意味着什么……

实话说吧，关于这件事，他已经反反复复，不知道想了多少遍。

现在，从她的话里，他听出来，她大概要放弃她原来的想法了。

因此他才感觉到轻松。

云姑婆又给梁海宽装了一碗汤，坐下之后，说："这几天，村里人都在说这个事，他们好像都同意了，同意拆房子……食杂店的红姐说，有了这次换房子的钱，她女儿后几年的学费就够了……还有周成伯，打算用换房子这笔钱给自个儿养老呢……红姐还说，等她女儿毕了业，也许就不在岛上住了……唉！"

梁海宽说："红姐也确实不容易，靠她的食杂店，能赚几个钱……"

云姑婆没说话。

好久，梁海宽才听云姑婆说："可是我心里……我心里……要是都拆了……你说那祠堂……这可是我们家，祖祖辈辈……拆了就没有了……一想到这些，我心里就痛，一揪一揪地痛……就说你外公外婆吧……有一天我死了，我都没脸去见他们……"

梁海宽赶紧说："你别这么说，阿妈……"

云姑婆又说："还有这间屋……虽说是新屋，也住了十几年了……建屋的时候，你们都拿了钱，你拿得最多……还有你阿爸，他就是在这里走的……就在这屋里……"

可能因为说到了阿昌伯，云姑婆一下子难过起来，突然哽咽住，流出了眼泪。

云姑婆举起了右手，用手背擦拭着眼泪。

梁海宽知道云姑婆心里不好受。但他并没有劝她，因为不知道如何劝，不知道说什么好。

又过了一会儿，云姑婆才渐渐地平静下来……

午饭之后，母子二人去看了安置房。

…………

巧的是，就在这天晚上，吃完晚饭以后，肖恬恬和她的同伴，第三次也是最后一次，来到了云姑婆的家。

这一次，他们还带来了拟好的合同。

不过，这次的情况要简单得多。因为有梁海宽在，云姑婆几乎就没说什么话。整个过程中，都是梁海宽跟肖恬恬在那儿谈。梁海宽询问了一些自己不大清楚的事项，肖恬恬都做了耐心细致的解答。

等一切都谈好了，肖恬恬笑着对梁海宽说："如果没其他问题，我们是不是可以签字了？"

梁海宽想了想说："没有什么问题了，签吧……"

肖恬恬说："那你们谁签好呢？是伯伯签呢，还是婆婆签？规定是要户主签的……"

因此，最后还是由云姑婆在合同上签了字，签的是"云英珠"这三个字。

9

因为事情已经处理完了，星期一还要回厂里上班，第二天，梁海宽便离开了荷叶岛。

云姑婆又来送他上船。

临出门的时候，梁海宽说："阿妈去商店吧，不用送我……"

云姑婆说："没事，商店有红姐帮忙看着呢……"

母子俩平平静静地走出家门，走过了云姑婆的"海岛旅游纪念品商店"，还与红姐打了招呼，沿着荷叶村前的那条土路，朝码头那边走去。

走着，云姑婆说："海妮她……这阵儿有没有啥消息？"

梁海宽说："几个月前她打过来一次电话，说她挺好的，还说我们不用往她那边打电话，她有事会打回来，从她那边打，电话费便宜好多……"

云姑婆说："她跟我也这么说的……她是上个月给我打的电话……说她忙，说辛苦……"

梁海宽说："那还用说，一定辛苦啦……"

云姑婆说："你也够辛苦的……眼看快六十岁了，还得按时按点去上班……"

梁海宽说："我早就习惯了……上班的人都这样……还不是为了吃一口饭……"

母子俩走了一会儿，云姑婆又说："我看电视上说，有地方能买墓地，我想给你阿爸买一块……价钱好像挺贵的……我手里有些钱，都是你们平常给我的，我也用不着……你跟老二商量商量……"

梁海宽说："好！这事我也想过，应该的……过一段时间就可以办……不过不用你的钱……我和老二一人出点儿就解决了……"

云姑婆说："阿平也挺辛苦的，他赚钱可不容易，每天要起大早去上货……有阵子他说心脏不舒服，不知道好点没……"

梁海宽说："他那是长期睡眠不好……我让他找医生看看，不知道去没去……"

云姑婆说："那你再跟他说，我也跟他说……你阿爸不在了，你就是家里的主心骨了，他们的事你要多说……"

梁海宽说："你才是我们的主心骨哦……有你在，轮不到我……"

母子俩又走了一会儿，不久走到了"海上时光大酒店"的跟前。

云姑婆朝酒店那边看了一眼说："你看这几年荷叶岛变得——你还记不记得，这里以前是生产队……一点儿都看不出来了……"

梁海宽说："记得。那时候还挣工分，我阿爸在渔业

组，经常出海捕鱼……"

云姑婆说："有时候，想起这些事，就跟做梦一样呢……"

没多久，母子俩就到了码头。时间也刚刚好，正是即将开船的时候。梁海宽走到售票窗口，买好了票。在等待上船的时候，云姑婆对他说："阿宽，回去好好上你的班，不用总往岛上跑……等把这边的手续都办好了，领到房产证，我再给你打电话，看看怎么样装修……"

没等云姑婆把话说完，就开始检票了。

梁海宽匆忙说："我知道了，阿妈……好的好的……您回家去吧……"一边说，一边走进了闸口。

陆

尾声：云姑婆

1

此后没几天，荷叶村突然变得热闹起来。

热闹的原因，是很多人家儿开始装修刚刚置换来的新屋。

村里一下子就来了十几甚至二十几名装修工人。此外，还来了一些闻风而至的经销商，从陆地运来了一些装修材料和卫浴物品等，在村头摆了一些摊位进行推销。还有一些心急的乡亲，把自家一些不想再用、打算更新、尚未损坏的日常用品，包括桌椅板凳、床架床垫、衣橱衣柜、锅碗瓢盆，以及电视机、洗衣机、煤气瓶、鱼缸、花盆、砧板等，都拿出来摆放在门外，想趁机卖掉，或者以物易物。

红姐也是其中之一。由于忙于装修和搬家的事，她的食杂店在前几天就停止了营业，门窗均装上了闸板。

停业那天的傍晚，红姐走到云姑婆这边说："姑婆呀，我明天就不来了……"

云姑婆不解地说："不来了？你有事吗？有事我帮你照看一天好了……"

红姐说："这段时间我要装修房子，还要清理一下家里的东西，过几天，店子这边也要清理一下，等房子装修好，就搬到新房去了……事情这么多，一时半会儿的忙不完，这边就照顾不到了……"

云姑婆说："你是想把店关了？"

红姐说："是啊……反正过几天就要拆迁了，关就关了吧……"

于是，当天就把门窗都上了闸板，并且找到一截粉笔，在门板上写了几个大字："本店停业。"

在红姐停业后，云姑婆的"海岛旅游纪念品商店"又继续开了几天，但由于实在没有什么客人，加之她也有些事情要去办，便也停了业。

过了几日，其他的店也都陆续停了。

由此，那些各自带着水杯（杯里装着沏好的茶水）、戴着旅游帽或草帽、带着扇子、带着扑克牌或象棋，每天过来闲坐的老人家，也都不再来了……

这几天，酒店那边也在大堂设立了一个办事专区，有若干专人，专为荷叶村的村民们办理各种手续，包括发放补偿款，等等。

这也是云姑婆要办的事情。

好在酒店离荷叶村并不很远，云姑婆前后跑了两次，就把所有的手续办完了，所以还是很顺利的。

那之后的某一天，下午时分吧，村里便来了一些身穿工装的人。工装是蓝色的，左胸的位置印着一个图案，图案仿佛一个上升的火箭。每个人还戴着安全帽，总体是黄色的，远看就像钢盔，左右两边各印了一面鲜红色的小旗子，非常醒目。

与此同时，还有两台钩机和两台推土机也开进了村子。特别是那个庞大的钩机，看去好似博物馆里的恐龙，钩臂摇摇摆摆，特别的吓人。推土机和钩机，都发出很大的轰鸣声，突突突突突，比放鞭炮还响。

听人说，推土机和钩机，都是用了很大的货轮从陆地运到岛上的。

推土机和钩机，还有穿工装的人，是从山脚前边的那条土路进到村里的。推土机和钩机在前，穿工装的人在后。穿工装的人，每人肩上扛着一件工具，有的是铁锹，有的是撬棍，有的是镐头。

推土机和钩机，还在路上带起了一团一团的尘土，把后边穿工装的人呛得直咳嗽。

穿工装的人进村不久，就动手在村头的小广场建造一座木板房，说这是要给工人们建一个临时宿舍。有消息灵通的乡亲说，把前期的事情做好后，他们就要开始对荷叶村进行拆迁了，可能是三天后，也可能是五天后……

2

在那些穿工装的人开进荷叶村的第二天，上午九点钟前后，云姑婆吃罢早饭，忽然想起了放在商店里的一件衣服，她平时的一件工装，要去取回来。

那天，云姑婆一出屋门，就隐约感觉院子有了一点儿什么变化。于是她停住脚步，转回身看了一眼。她一下子就看见，在她家房子的一楼，窗户左边的墙上，有人用红油漆刷了一个大大的"拆"字，似有簸箕那么大吧，非常的耀眼，非常的红……

云姑婆是认得这个字的。

云姑婆立刻感觉眼睛被烫了一下，当即就愣住了，同时觉得心里一阵惊慌，一阵刺痛，甚至感觉脑袋有一点儿眩晕，天旋地转，头重脚轻，摇摇欲坠，便闭上眼睛，停了片刻。在这片刻之间，她不由得又想到了祠堂，也想到了她的商店。想那里是不是也被他们写上了这个字……

云姑婆睁开了眼睛，来不及多想，马上迈着细碎的脚步，朝祠堂那边走去。不等走到跟前，大概还有几十米的时候，她就看见了，在祠堂门口的右边，果然也有一个跟她家房墙上一样的"拆"字，颜色是一样的，大小也差不多。她当即停下了脚步，没再往前走，远远地看着那个字……

很快，云姑婆又来到了她的商店。在这里，她也看见了那个字，也是远远的。同样，也只是看了片刻，就离开了这里——却忘记了要拿衣服的事情。

一时间，云姑婆心里不由得特别的慌乱，也来不及多想，就转身朝家里走去。沿路却又看见了更多的"拆"字。几乎每一幢房子上都有。只是所刷的位置不同：有的刷在了房子的正面，有的刷在了房子的侧面，有的刷在了房子的左面，有的刷在了房子的右面，有的刷在了窗户的旁边，有的刷在了院墙上……

云姑婆跟跟跄跄地回到了家，马上紧紧地关上房门，一下子跌坐在木椅上，一只手按住了胸口，心抖抖的，手也抖抖的，大口大口地喘息着，脸色异常苍白，感觉身上一点儿力气都没有了，头脑里也是乱糟糟的……

不知过了多久，才慢慢地平复下来。

尽管慢慢地平复了，却还是那样坐着，不想动，好像也没有力气动。

一会儿，云姑婆想：这是真的要拆了……

云姑婆又想：我是知道的，知道要拆的……

她想：拆就拆吧……

她想：合同都签过了……

她想：那么多的房子都要拆呢……

她想：红姐的也要拆，周成伯的也要拆……

她想：我怎么能不拆？

她想：大家乡里乡亲的……

她想：我要是不拆，他们一定会在心里骂我的，骂我是自私鬼……

她想：我拆了，他们就不会骂了……

她想：可拆了就没有了……

她想：祠堂也没有了……

她想：再也没有了……

她想：就不能去祠堂给祖宗烧香了……

她想：我对不起祖宗……

她想：对不起阿爸阿妈啊……

在想到阿爸和阿妈的时候，云姑婆不由得陷入了沉思。

她忽然想起了阿爸阿妈临"走"之前的那个晚上，吃晚饭的时候，阿爸对她说过的话。

她想起阿爸说："如今我老了……这几年，身板越来越差，浑身都不舒坦，不是这里痛就是那里痛，吃东西也不香了……你阿妈跟我一样，也老了……"

她想起第二天吃早饭时，阿爸告诉她，他和阿妈要去

"下岛"，去看一个熟人。

她还想起阿爸当时说："我跟你阿妈商量了半宿呢，最后才定下今天出去的……"

她又想起阿爸阿妈临走的时候，都穿得整整齐齐的，穿的是他们最好的衣裳，来跟她告别。

她想起阿爸说："我们走了……我们想在下岛住几天……你们不用去找我们……"

至今，云姑婆还记着阿爸临走前看她时的眼神，也经常想起那个眼神。阿爸的眼神，似乎异常的平静，似乎又异常的坚决……

多年来，只要想起阿爸当时的眼神，云姑婆都会心痛。

阿爸和阿妈……他们……在决定离开的时候……本就不想回来了吧？这是云姑婆此时此刻才想到的。

云姑婆想来想去的，一直想到了该做午饭的时候。可她一点儿也不觉得饿，加之感觉身体有点儿倦乏，似乎还没缓过神儿来，特别不想动，又觉得做饭很麻烦，想了想，就决定不做饭了，也不吃饭了。

因为觉得身体乏，下午，她上床睡了一觉，而且睡得比较长，等她醒过来，已经日落天黑，又到了该吃晚饭的时候，只是她仍不觉得饿，一点儿也不饿。

所以，晚饭她也没有吃，不想吃。

3

到了第二天，云姑婆还是一口东西都不想吃，甚至连水都不想喝的，因为她实在觉得没什么胃口。

所以，第二天她仍然没有吃饭——没吃早饭，没吃午饭，也没吃晚饭。

虽然没有吃饭，她却一点儿都不觉得饿。而且，精神头儿还好好的，精力也好好的。

上午，云姑婆还打开电视看了一会儿。其间看了一会儿新闻，看了一会儿电视连续剧，又看了一会儿歌舞表演，看一帮人又是跳又是唱。那唱的，唱着唱着还哭了，哭着哭着又笑了，让人摸不着头绪。又看了一会儿外国人踢足球。看一帮大男人，一个个都发疯似的追赶着一只球，动不动还撞到一块儿了，有的还撞伤了，躺在地上不起来，最后被搬到了担架上，让人好担心……所以，她看了一会儿就不看了。

因为一时没什么事情做，她灵机一动，想：那我就收拾收拾家里的东西吧！

决定之后，马上就开始收拾（兼搞卫生）。

收拾东西，她是先从一楼开始的，因家里绝大部分杂物，都放在一楼。

一收拾就是一整天。

这一天，云姑婆首先清理了家里的一些重要物品，比如户口簿、房照、身份证、银行的存折、有线电视缴费证、几样首饰（都是她阿妈留下来的），以及一些早已作废的证件，诸如几个子女以前的学籍证、中学小学的三好学生证和各种奖状、他们当年使用过的病历本、家里当年的购粮本、购油本、副食本、她和阿昌伯当年用过的工分手账……

所有这些东西，都被她存放在一只用了多年的、被子女们称为老古董的立柜下面的格子里（格子以上，放着冬天的被褥和一些衣物）——这个立柜，多年来总是摆放在她和阿昌伯的床边，触手可及。

她先把它们一样一样地拿出来，再分门别类，用一些平日积攒的塑料袋装好（有的还用绸布认真地包裹起来了），之后重新放回去。

应该说，在清理这些东西时，她的心情还是相对平静的，当然也偶尔会有一点点的感慨，脑子里会突然闪现一下当时的什么情景，心会被什么牵动一下下，甚至出现一点儿小小的波澜，不过很快就过去了。

随后，云姑婆又清理了家里的相片，全家所有人的相片，阿爸阿妈的相片，云方、云正的相片，阿昌伯的相片，梁海宽的相片，梁海平的相片，梁海妮的相片，丫丫的相片，孙子的相片，孙女的相片，含个人照、跟别人的合照，以及满月照、百日照、周岁照、毕业照、中学小学的纪念照、结婚照……

这些相片，有的装在影集的塑料套里（影集海妮帮她买的，共五本），有的当时装得不端正，她就把它们取下来，重新装好，有一些当时没来得及装，随意放在了装影集的纸盒里，她就把它们一张张地装进去……

在清理相片的时候，她心里就不那么平静了。她一张一张地看着那些相片，看着那些熟悉的脸孔，熟悉的表情，熟悉的眼睛，熟悉的眉毛，熟悉的嘴巴，熟悉的鼻子，心里便不由得悲伤起来。特别是在看见阿昌伯跟云方、云正在一起的那张相片的时候，当她一看见三个人那么年轻的面庞，看见他们洁白的牙齿和一本正经的表情……这时候，她心里立刻一阵痉挛，疼痛难忍，竟使她立刻将枯干的双手捂在脸上，轻声地啜泣起来……

中午休息了一会儿，下午又接着收拾。

下午，云姑婆收拾了衣物，把所有的衣裤（因随换随洗，所以都干干净净的，整齐地挂在立柜里），都一件一件地从衣架上取下来。把一些穿了多年的，已经麻花了的衫裤拣出来，单独装进了一个塑料袋。而把一些没穿几年的，有的还比较新的，都仔仔细细地叠好，包进了几个包袱里（她一直习惯用包袱包衣服）。这些衣裤中，有云姑婆自己的，有阿昌伯的，还有儿孙们放在这儿临时穿穿的。其中云姑婆和阿昌伯的衣服，多半是海妮给他们买的，也有儿媳们给买的，还有孙媳妇给买的，质地都是很好的……

待把衣物清理完，看看天色还早，云姑婆想：我再去打扫一下祠堂吧……于是又去了祠堂。

祠堂很安静，一如既往地安静。

因为经常打扫，祠堂其实是很干净的。

而这时，正有一抹斜阳，从西山墙上的一个小窗口透射进来……

看见这个情景，她甚至在门口停顿了片刻，然后，才像以往那样，脚步轻轻地走进了祠堂。

她先是来到了那张黄花梨木的供桌跟前，也像以往那样，取出香炉，在刻有"南海雲氏歷代祖考妣之神位"的牌位前点燃了三根香，又退后几步，跪下来，三拜之后，闭上了眼睛，双手合十，还像以往那样，说："云家的祖宗先人，阿爸阿妈……英珠又来拜你们了。英珠求列祖列宗，阿爸阿妈……能保佑英珠的儿女，保佑梁海宽全家、梁海平全家、梁海妮全家，保佑他们家里所有的人，平平安安，不生病，不吵架，不缺吃，不缺穿，逢凶化吉……再保佑咱们荷叶岛，不打台风，不落大雨，无灾无难，人人安生，事事遂愿……"

这些话，都是云姑婆以前常说的。说过了，便不知道再说什么好。于是停下来，想了片刻，才又说："云家的祖宗先人，阿爸阿妈……这是英珠最后一次来给你们烧香了，以后我就不能来了……因为我……因为我……"

她说到这儿停下了，似乎说不下去了，似乎这是一个秘密，不能说的。

但她仍在那儿跪着。似在想着什么，也似乎感觉倦乏，不愿意起身，所以跪了许久。一直跪到香炉里的香都燃尽了，才慢慢地站起来……

此时，已经天黑了。

她便过去摸到灯绳，拉亮了电灯。

一团昏黄的灯光，"噗"的一声，落在了地上。

尽管祠堂很干净，她还是仔细地打扫了一遍。也把刻有"南海雲氏歷代祖考妣之神位"的牌位，以及香炉等，都细细地擦拭了。然后，才回了家……

4

第三天和第四天，云姑婆又抓紧时间，清理了二楼的三个房间以及厨房，还有她的"海岛旅游纪念品商店"。

在清理"海岛旅游纪念品商店"的时候，她顺便拿回了那件当初要拿的衣服。

因为连续几天没有吃饭，在最后清理"海岛旅游纪念品商店"的时候，她已经感到非常疲乏了。

傍晚，云姑婆离开了商店，慢吞吞地向家里走去，路上没有碰到一个人（有个乡亲后来说，他曾经在窗口看见了云姑婆，也看出她非常的虚弱，但他当时并没有多想）。

回到家，她首先洗了个澡。

洗完澡，又在木椅上坐了一会儿。

她在脑子里回想着，还有没有需要做而不曾做的事情——说来，这是她多年养成的习惯了，每天睡觉之前，她都要这样想一想的。

不过，她感觉自己的脑子已经越来越迟钝了。

所以她想了好久。她从楼上想到楼下，又从客厅想到厨房，一直想到天都黑下来了，才悄悄地对自己说：哦，没有了，没有什么要做的了。

她这才过去锁好了房门，又摸索着爬到床上，和衣躺下来，闭上了眼睛。

刚躺下的那一刻，她顿时觉得浑身上下一阵轻松。她甚至不由自主地长长地呼出了一口气……

不过，她同时也感觉到了疲乏，那是极度的疲乏，疲乏到连动一动手指的力气都没有了……

入夜了。四周正在渐渐地安静下来。整个荷叶村都安静下来。人安静下来，风也安静下来。静得仿佛没有一丝丝声音……

不知何时，云姑婆的耳朵里，忽然听到了远处传来的海浪声。

"哗——嘘……"

"哗——嘘……"

在持续不断的海浪声中，她仿佛感到有一些人正轮番来到她的脑子里。其中有她的阿爸云莲生和阿妈云程氏，有阿昌伯，有云方和云正，有梁海宽、梁海平、梁海妮，有大儿媳二儿媳，有外孙女丫丫，有孙子梁飞、孙女梁爽、另一个孙子梁成，有女婿高尚，有红姐，有周成伯。他们有的只在看着她，有的在对她微微地笑，有的还跟她说了几句话（但她始终没听清他们说的是什么）。他们来了走了，走了来了，就像走马灯一样。她很想留住他们，留住每一个人，不让他们走。可是，最终却谁也没留住，一个一个都走了，走了……

这样不知过了多久，云姑婆终于深深地安静地睡着了。

在她睡着几分钟后，便见有一滴晶莹的泪珠，悄悄地溢出了她的眼角，沿着脸颊滑落下来，滑到一半时，却又停住了，停在了一道深深的皱纹里……

这一天，恰好是×××年7月22日，大暑日。

远处的海浪声，依然在响着。

"哗——嘘……"

"哗——嘘……"

（原载于《钟山》杂志2018年第1期；《中华文学选刊》2018年第4期转载；《小说月报》（大字版）2018年第5期转载。）

借一方小岛凝结历史风云

——关于鲍十中篇小说《岛叙事》

王春林

　　读过作家鲍十的中篇小说《岛叙事》（载《钟山》杂志2018年第1期）已经很久了，一直想着要为这个中篇小说写点什么，但却总是因为杂务缠身而腾不出手来。虽然一时上不了手，但内心里却又总是放不下这个中篇小说。现在，终于有机会写下我的一点感受了。问题在于，同时期过目的中篇小说可以说数量很多，为什么单只是鲍十的这部《岛叙事》令我念念不忘呢？细细想来，或许与这部小说的历史容量大因而艺术饱满度高紧密相关。在很多小说作品都不同程度地存在着因注水而过度膨胀的艺术弊端的当下时代，如同《岛叙事》这样高度浓缩，在三五万字的篇幅内，差不多要包容近一个世纪时间跨度的中篇小说，可以说非常少见。面对这个中篇小说，首先引起我们关注的，就是作品标题的由来。"岛叙事"这个标题，很容易给读者造成一种错觉，即这是一部以那个孤悬在海中状似荷叶的荷叶岛为叙事者的实验性小说。实际上，只有在读完全篇之后，我们方才明白，这是一部中规中矩的采用了第三人称全知叙事方式的小说作品，那个荷叶岛无论如何都不可能被看作是一个拟人化之后的叙事者。结合文本所欲传达的差不多长达一个世纪的历史风云变幻来看，鲍十的本意其实是想要这个荷叶岛作为历史风云变幻的自始至终的在场者或者见证者。从这个角度来说，我们就不妨把"岛叙事"理解为以荷叶岛为中心的一种历史叙事。

虽然《岛叙事》的叙事时间长度差不多长达一个世纪，从女主人公云姑婆也即云英珠尚属幼年时的二十世纪三十年代，一直写到了已然是市场经济的当下时代。到这个时候，云姑婆已经是八十多岁的耄耋老人，但深谙小说写作规律的鲍十，却没有平均使用力量，他只是睿智地抓住了三个重要的历史节点，就再现了近百年来真正可谓是变幻无常的历史风云。首先一个历史节点，是抗战时期。这个时候的云家，尚属荷叶岛上的殷实之家："有自己的宅院（原址就在祠堂的边上，几十年前拆掉了），有部分田产，有渔船，有十数名雇工。云莲生接管家业后，又在岛上开了一家商行，经营一些岛上居民常见的物品，各类渔具、柴米油盐、灯油火蜡、针头线脑、衣裳鞋帽等等。定期驾船到陆地的商行上货，再卖与岛上渔民。因为物品相对齐全，有时候，甚至其他岛上的人，也会摇着舢板，到他的商行来买东西。"既然家境殷实，那把自家孩子送出去读书求知，就是顺理成章的事情。这样，到了云姑婆五岁的那一年，也即抗战全面爆发的1937年，她的两个哥哥云方和云正，就被父亲云莲生送出去读书了。云莲生根本不可能想到，在那个战火纷飞的岁月，两个活蹦乱跳的儿子，竟然会一去而不复返。兄弟俩读书接受教育的一个直接结果，就是家国情怀的养成。时值抗战时期，投笔从戎以积极报效国家，自然也就成为他们家国情怀的直接体现。就这样，只是给父母写了一封告知辞别的信函，兄弟俩便义无反顾地踏上了抗日的战场。没想到，兄弟俩投笔从戎的结果，竟然是双双为国捐躯。只不过，他们俩为国捐躯的消息，要一直等到云姑婆十七岁，也即1949年的时候，方才从他们的战友梁久荣那里得到确切的证实。

与梁久荣的到来紧密联系在一起的，也就是第二个重要的历史节点了。具体来说，这个节点就是1949年后的"土改运动"。查阅百度百科，可以得知，全国范围内的"土改运动"，始自1947年冬，终结于1952年冬，前后历时五年时间。或许与荷叶岛相对偏僻的地理位置有关，这座岛上的"土改运动"从时间上说是比较滞后的。梁久荣1949年来到荷叶岛的时候，这个地方正处于从根本上颠覆改变了乡村社会秩序的"土改运动"期间。梁久荣的到来，一方面确证了云方与云正的死讯，另一方面却也为他与云姑婆的最终联姻提供了现实的可能。这一历史节点，有两个细节不容忽视。其一，是梁久荣的被迫更名。在决定与云姑婆成亲后，云莲生向他提出了更名的要求："还有一件事……我想让你改个名字……"那云莲生为什么一定要梁久荣更名呢？"云莲生说：'听你讲，毕竟你是跟他们打过仗的……依我看，这以后的形势……也许什么事情都没有，也许有事情……是不是？不到非说不可，最好别说你当过兵……'"毫无疑问，云莲生之所以要求梁久荣更名为梁玉昌，主要还是因为他曾经在国民党的部队里当过兵。其二，是时过不久之后云莲生和云程氏莫名其妙地双双亡故："对阿爸阿妈的死，云姑婆一直觉得不解。她也一直不知道，他们到底是怎么死的，是发生了意外，还是他们有意那样做？"那一年九月的一天，云莲生与云程氏一起驾着一只小舢板到海上去了。虽然出门时说是去看一个熟人，但却从此就下落不明了。那么，云莲生夫妇为什么要自我失踪呢？却原来，他们的失踪，也与那个时代的背景紧密相关。首先，是工作队的进驻荷叶岛："工作队有男有女，身上都背着或长或短的'火器'，暂住在她家的祠堂里，每天进进出出的，动不动就召集岛上的乡亲开大会，会上不停地大声喊口号，还在村里各处贴了好多的标语，有的贴在住家儿的山墙上，有的贴在院门口，有的贴在窗框上。"而且，在云姑婆的记忆中，父亲曾经对她说过自己家财产即将被瓜分的事情："他们要分我们的家产了，商行、田地都要分，屋也分，都分给村里的人，过些日子就要分了，分就分吧……"只要我们将工作队来到荷叶岛的细节，与云家财产即将被瓜分的细节联系在一起，就不难明白云莲生夫妇为什么要不无神秘地自我失踪。窃以为，他们夫妇很显然是在以如此自我失踪的方式来向他们认为是不公平不合理的做法表明一个态度。这里，一个无论如何都绕不过去的问题是，云家两个正当盛年的儿子乃是为了捍卫国家和民族的尊严而毅然捐躯的。

第三个历史节点，就到了所谓市场经济的当下时代。如果说前一个历史节点云姑婆们感受到的乃是来自于某种时代力量的压迫的话，那么，到了这个历史节点，压迫着云姑婆们的就是一种经济力量了。一方面，我们当然应该为经济的强劲发展表示充分肯定，但在做出如此一种肯定的同时，我们也不能不意识到它对文化传统造成的那种冲击与破坏。这一方面，也有两个细节不容忽视。其一，是由张千主导的荷叶岛首次拆迁。那一次，面对着一些不愿意被拆迁的住户，张千们所使用的，竟然是一种肆意折磨整治的无赖手段。先是深夜时分把"钉子户"的窗玻璃打破，紧接着便是人为的经常性停电。一番折腾下来，这些"钉子户"只好被迫同意搬迁了。其二，是后来老况联手晏宁宁所主导的拆迁。倘若说此前张千的拆迁带有明显的暴力色彩，那么，这一次拆迁就"温柔敦厚"了许多。然而，不管开发者所采用的态度如何地"温柔敦厚"，强制性地迫使原住户搬走，却毫无疑问是他们的终极目标。面对着他们彬彬有礼的步步紧逼，如同云姑婆这样已经是耄耋之年的老人当然毫无还手之力，最终只能乖乖地就范。但也就在被迫就范的同时，云姑婆却一直在为已然存在了很多世代的祖宗祠堂的被拆除而耿耿于怀，而心有不甘："云姑婆静默了片刻。然后突然红了眼睛，哽咽着说：'要是都拆了……你说那祠堂，这可是我们祖祖辈辈……一想到这些，我心里就痛，一揪一揪地痛……就说你外公外婆吧，有一天我死了，我都没脸去见他们……'"毫无疑问，假如我们可以把云姑婆心心念念的祠堂理解为文化传统的一种象征的话，那么，云姑婆们反对拒绝拆迁的行为，自然也就变成了对于文化传统的自觉维护。其意义和价值绝对不容低估。

就这样，一座很不起眼的小海岛，三个重要的历史节点，一个已然是耄耋之年的老人，构成了鲍十的中篇小说《岛叙事》。九九归一，在一部篇幅不算很大的中篇小说中，能够借一方小岛而艺术地凝结表现百年历史风云，所充分见出的，其实是作家鲍十非同寻常的思想艺术才能。

2018年6月12日晚上9时24分许

完稿于山西大学书斋

（作者系著名评论家，山西大学文学院教授，中国小说学会副会长。）

听鲍十讲述海岛故事

——读鲍十新作《岛叙事》

江冰

从地域上看，广东离中原很远，离大海很近。她具有浓厚海洋文化特征。这一点对于鲍十来讲，意义特殊——他是从大东北黑土地走出来的小说家，从中国的最北方来到中国的最南方广州落户。人到中年，南方生活显然是他写作的一个新天地。从《岛叙事》(载《钟山》2018年第1期)，一部5万余字的中篇小说里，我欣喜地看到从东北黑土地到南国海岛，作家鲍十终于一步一步接近海洋，完成了一个关于海岛的人生叙事。

《岛叙事》开篇就是辽阔的大海，海岛魅力渐次展开："从远处看，此岛真的就似一张荷叶，漂浮在万顷波涛之中。仿佛还会随着波涛不停地颤动，波涛大时颤动便大，波涛小时颤动则小。天气晴和时，海水会轻柔地舔舐岛畔的沙滩。海浪不间断地涌上来又退下去，同时发出一种很清晰的响声：'哗——嘘……''哗——嘘……'涌上来的海水，会在瞬间变得洁白，若雪"，"以前曾见过海面波平如镜的说法，这个说法是错的。大海永远没有波平如镜的时候……"大海的描写流淌在东北籍小说家笔下，真真切切，海风扑面。大海，在他的视野中变得自然而亲切。这是一座什么样的海岛呢？作家确定了历史谱系：由云氏后人在明代所建，而云氏先祖恰恰是南宋末年崖山海战十万大军中逃生的一名年轻的兵士。海岛中间有一座祠堂，叫南海云公祠，祠堂对联"大难身不死，南海第一公"，可见渊源深远。海妮的母亲云姑婆是作品第一主角：老人、祠堂、传说、云氏、家族，这些元素均与岁月往昔相连，为全篇奠定了一个传统基调，岁月回望的氛围弥散全篇。小岛的生活习俗是岭南的，具有地域文化的特征，比如煲汤，比如粤方言的"你喝先"。荷叶岛渔村空洞化现象严重，一个村庄年轻人都离开了，只剩下老人，云姑婆就是当下的空巢老人，孤独地守着故乡、老屋、祖宗祠堂。

《岛叙事》善于营造梦境：女儿的梦、云姑婆的梦、阿昌伯的梦，一系列梦境牵引岁月怀想、内心情结、人生隐秘。鲍十借此渲染岁月沧桑，道出时间对渔民的伤害。伤害看似久远，内心隐痛却挥之不去。比如，对南海云公祠牌位的保护，用这些细节披露那些没有正面展开的动乱岁月。荷叶岛故事有两条线：一条线是云姑婆的生活，或者说是云姑婆与她三个儿女的生活；另外一条线是荷叶岛上的旅游开发。旅游酒店有一个明显特征：主建筑兼具哥特式和中国传统的风格。我以为，这是一个所谓中西合璧的暗喻，作者十分明确点出所有建筑外墙一律土豪金色——无疑构成一种粗放的开发，一种不讲缘由的中西结合，也是我们当下社会的一种普遍景象。"海上时光大酒店"是从一家小旅店发展而来，小旅店的创办者，所谓民营企业家，就是原来的生产队长，就是欺压当地百姓、巧取豪夺的土豪——这样的细节将生产队时代的结束，迅猛而来的市场经济的开始——一个历史的过渡期形象地表达了出来。旅游开发一条线虽然没有充分展开，但已然构成了一个巨大的暗喻。什么暗喻呢？即全海岛的旅游开发覆盖计划，有可能造成海岛历史的断裂、家族记忆的消失、传统文化的清场。在这样的一个计划中间，投资人、牵线人、收购人、经营人，作为新角色次第登场，他们合力造成云家往事，以及云氏家族海岛生存的最后终结。

在这部作品中，鲍十塑造了云姑婆的父亲母亲，一个传统乡绅夫妻的形象：讲信义、有主张、有人格、有道德、帮乡邻、安四方，古老乡村中的正面角色。这对仁慈的夫妻，在一个特定时期，却为了儿女的生存与平安，悄然消失在大海中——非常决绝的一笔！其背景是云姑婆的两个哥哥参加抗战，在国民党军队中奋勇杀敌为国牺牲。他们的战友梁久荣来到了荷叶岛，代他们尽孝。战争之后，战友之间，早已超过生死的情谊，以身代之，报答烈士的父母，报答养育之恩。但这样一个举动，被政治时代"血统论"所不容。因此被迫改名为梁玉昌，把那段原本光荣的抗战历史深深地藏匿起来。父母的消失是作品最揪心动人处，一种为了儿女可以牺牲自己的精神，焕发出人性的光芒。鲍十深情却又克制地反复描写了与父母生离死别时的那个场景：与女儿女婿诀别，与家乡祠堂诀别，只为遮掩一段旧事，只为躲避时代的灾祸，只为后代的平安，以此抵抗命运的不公。那个诀别人间世界的眼神，给读者留下多少悲怆的联想！逝者已矣，生者如斯。时代洪流之下，多少生命个体悄然离去，大多没有留下一声悲鸣。几十年的时光，把云英珠变成了云姑婆，把梁玉昌变成了阿昌伯。岁月悄然而逝，似乎什么都没有发生，一代一代生命顽强延续，但历史伤痛依旧在心灵最深处淌血，一点一点，一滴一滴，阿昌伯用老年痴呆回应从前的遗忘：他站在那里，面朝大海，若有所思。也许这样一个不解之谜，折磨了他半辈子。时间就是如此无情，无视个体生命的情感。阿昌伯的老年痴呆症的生活，笼罩着他岳父岳母失踪的阴影，聚集着人们对往事的缅怀——《岛叙事》的文本丰富性于隐约之中慢慢呈现。

鲍十在这部作品中再次表现了艺术含蓄且内涵丰富的艺术风格：绝不剑拔弩张，却又张力十足；表面波澜不惊，其实暗流汹涌。我在他从前的作品中间，屡屡感受到这种一贯的艺术追求以及由此产生的作品震撼力。或许可以用海明威的"冰山理论"来解释：漂浮在大海上的冰山，露在海面只是很少的部分，巨大的底座都在海底。鲍十恰到好处地处理了现实与历史的关系，在所有的现实环境中，随时随地让读者感受到历史的阴影如影随形，弥散其间。甚至使我联想到马尔克斯的名著《百年孤独》：人们活在当下，也活在祖先的目光中。祖先与父母，从来没有离开过这个世界，他们依然和我们共处在一个空间里，休戚与共，息息相通。让我意外的还有作品中间的超现实主义描写，比如云姑婆的梦中，岛上突然飞来了好多海鸥。它们不停地鸣叫，那声音非常响亮——神来之笔，犹如天启。不但对作品的现实情节有了一个推动，而且提升了整个作品的精神境界。虚实之间的飞扬与过渡，其实也在昭示一个事实：即便传统现实主义作家，依旧有向世界文学——尤其是20世纪现代文学汲取创作经验的必要。我欣喜地感受到鲍十在这个方向上的艺术努力。

我在阅读中感受到《岛叙事》强烈的情感压抑，此种压抑又转化为一种反反复复表达的主题：小岛的开发计划与传统生活，两者之间的冲突已然构成一个可怕的境遇；让人活在强加的遗忘中，这是一个民族的悲剧。作者贯穿全篇的愤怒均指向一个话题：荷叶岛的全岛覆盖计划无比邪恶，其目的就在遮蔽并切断民族的记忆。这样一个巨大的暗喻场，蕴含着一个绝望的结局：从个体到集体，从个人经历到民族命运，一如云氏家族终将消失。云姑婆已经知道自己生存的意义如风消散而去。在她看来，故乡犹如生命，故乡不在，扎根的泥土不在，连根拔起，如何存活？所谓皮之不存毛将焉附？云姑婆终于在拆迁的喧嚣中，以自己的死亡完成了对现实的控诉！没有激烈的行为，无声的控诉在海风中再次化作绵长的回忆，悲怆的尾声，无尽的挽歌，心在泣血，但表面依然平静。小说家在平静中悄悄聚集力量：岩浆在地下奔涌，地火在地下燃烧，巨大的伤痛铺天盖地，却又在无声无息中结束。用文学、音乐、戏剧和电影，去抵抗遗忘；用爱、良善、自由、正义、怜悯去抵抗恨、丑陋、专横跋扈、恶，这就是艺术家的使命与责任。法国作家帕特里克·莫迪亚诺说过："如今，我感觉到记忆远不如它本身那么确定，始终处于遗忘和被遗忘的持续的斗争中。这一层，一大堆被遗忘的东西掩盖了一切。也就是说，我们仅仅能拾起历史的碎片、断裂的痕迹、稍纵即逝的且几乎无法理解的人类命运。但这就是小说家的使命，在面对被遗忘的巨大空白，让褪去的言语重现，宛如漂浮在海面上消失的冰山。"

我愿以此使命，与鲍十共勉。

（作者系广东财经大学人文与传播学院院长、教授。）